青春の岐路

火野葦平戦争文学選　別巻

火野葦平戦争文学選 別巻　目次

青春の岐路　3
編集部解説　234

【註】

本書には、今日からみると不適切と思われる表現が多々あるが、時代的な制約を勘案し、原作者の意思を尊重して原文のまま掲載した。

1

雪になったようである。後方へ疾走していく窓外の風景が、白い絣《かすり》模様におおわれはじめていくらもたたないうちに、山も、畑も、家も白く化粧された。それでも麦の青さはいつまでも沿線を彩っていたが、列車が筑後川を渡り、博多へ近づくころには、それも白く塗りこめられていた。しかし、車内にはスチームが通っているので寒くはなく、かえって、汗ばんで冷たいものが欲しいくらいだった。駅に着くたびに、昌介はラムネを買って飲んだ。

仲仕《なかし》たちは、大はしゃぎをしている。酒のせいも手つだっているであろうが、乗客たちの質問に答えて、上海戦線の話を得意げに語っていた。それぞれ、遠慮会釈もない大声を発し、身ぶり手まねに、砲弾や爆弾の音まで口で入れて、ひと言しゃべってはゲラゲラ笑っていた。石炭荷役をしに行ったのだから、ほとんどの者が戦場を見ていないのに、まるで、兵隊といっしょになって、敵を攻撃したような口ぶりだ。十九路軍の支那兵を二、三人撃ちたおしたとか、群がる敵中におどりこんで武勇伝を発揮したなどと、図に乗って、そんなでたらめをいっている者もあった。そのときの名誉の負傷なのだといって、方々の傷痕を見せたり、松葉杖を示したりしている。

「それはえらい御苦労なさったですなあ。殊勲甲ですよ」

乗客たちは多少割り引きして聞きながらも、実際に、上海戦線の現地から帰って来たことに対する尊敬の表情はあらわしていた。

「若松駅には、大きな凱旋門が出来とるでっしょうなあ。ばって、ああたがた、石炭仲仕というたって、出征と同じじゃけん、街中の者が旗持って出迎えござるじゃろう」

博多商人らしい厚司着《あつしぎ》の中年男が、自分も感謝と歓迎の思いをこめるように、一升びんをとって酌をしながらいった。

「そらそうですよ。全市あげての大歓迎、小学校の生徒までもならんどるはずじゃ」

「おめでたいこッてすなあ。……さあ、つぎましょう。おい、そこの娘さん、すましちょらんで、凱旋部隊の勇士諸君にお酌どもせんかい」

「はいはい」

「あたきたちみたよな野郎より、あんただちごたる別嬪《べっぴん》の方が百倍もよかにきまっとるくさ。なあ、みなさん」

車内は、拍手と笑い声とで鳴りひびき、走る列車の轟音《ごうおん》も消されるほどだった。

昌介は、いちばん隅の席にいる父安太郎をそっと見た。自分でむいたバナナをおいしくもなさそうにかじりながら、いよいよひどくなる窓外の雪をじっと見ていた。できるだけ心内の動揺を面にあらわすまいと努力していながらも、若松が近づく距離と速度とに比例して、憂鬱が深まっていることは明瞭に看取された。小柄ではあるか、堅肥りで、色白の顔もふっくらとしていたのが特徴だったのに、出発時とは見ちがえるほど頬がこけ、眼にけんができていた。昌介とて同様であったが、凱旋とはいえ、この敗残の帰還に対する苦しさにおいては、部隊長たる父の方が昌介より数倍上であることはいうまでもなかった。仲仕たちの痴呆的とすら思える快活さや賑わいが不思議なくらいである。うれしいわけがないのである。安太郎にとっても、昌介にとっても、勝利感よりも敗北感の方がずっと強かった。恥じる気持さえある。昌介は父に話しかけるのが気の毒だったし、なにより自分自身、口をきくのも大儀だった。

満州事変につづいて上海事変が勃発し、その騒乱の最中に、上海の苦力《クーリー》がストライキをした。そのかわりに石炭荷役をするため、三井物産から、辻組の頭領辻安太郎と息子昌介が五十人の仲仕をつれて、三井船舶の花野丸に乗りこみ、若松港を出発したのは昭和七年二月二日であった。それから二十六日目の今日、上海から定期航路船で長崎に上陸し、汽車で若松に帰りつつあるわけだが、仲仕部隊の様相は出発時とは一変していた。

お国のためと勢《きお》いたった辻安太郎は、ぶじ任務を果たしたならば、全員そろって凱旋するつもりでいたのに、いま、その帰還部隊は半数にも満たない。五十人いた仲仕は二十一人に減り、しかもその二十一人もまるで敗残兵の一隊のように見るかげもなかった。大部分がどこかに大なり小なりの怪我をし、跛《びっこ》を引いたり、仲間の肩を借りねば歩けなかったり、松葉杖をついたり、病気で青い顔をしたりしていた。ある者は発狂していて、とりとめもないことを口走り、あばれまわるので、比較的元気な者が二人両方から守《も》りに付き添っていた。しかも、こういう無残さは戦場での名誉である戦死傷による結果ではなく、便衣隊や苦力の襲撃に遭ったり、女を漁《あさ》りに行って殺されたり、傷つけられたり、情婦のことで喧嘩して黄浦江《こうほこう》に呑まれたりしたためで、自慢になる死にかたや負傷のしかたはひとつもなかった。怪我や病気がひどくて帰れなかったり、逃亡したりした者もあった。そのうえ、引率して行った仲仕の半分は、商売仇である羽山組の専属であったため、若松に帰りついてから、なにかと拮抗しあっている親分の羽山成之助がどんなに毒づくか、考えただけでも気が滅入る。任務だけは果たしたけれども、晴れがましさなどはまるでないのだった。

仲仕たちの饒舌や喧噪《けんそう》はいよいよつのる。上海での恐怖や悲壮感は、日本の土を踏んだとたんに消えてしまったのか、彼らの表情は底抜けに明るく、一種の英雄的興奮にすらとらわれている感があった。

「おれたちが行ったために、作戦の遂行が出来たんじゃ。なにしろ、苦力の奴らがストライキしやがったために、駆逐艦の焚料《バンカー》荷役が止まってしもうとったんじゃけのう。海軍からたいそう感謝されたばい」

などという者もあった。

自分に都合の悪いことはみんな忘れたり、棚にあげたりして、一種の自己満足や自己陶酔にひたっている仲仕たちを、昌介は羨ましいと思った。それは無知や無邪気さともちがい、任務や、責任や、国家や、戦争や、歴史や、あらゆる周辺の面倒くさいものは投げすてて、単純に自己だけに焦点をしぼる一種のエゴイズムのにおいがしていた。盲点ははじめからたくさんあり、どんなに大切なことでも、自分の利益にならなければ顧みないのが得だと、自然に悟っているようである。多少の照れくささは感じているであろうが、安太郎や昌介の苦衷を深く察してくれる者はほとんどいなかった。

「若おやじ、いかがですか」

帳面方の竹下清造が、ユラユラしながら、ビールびんをぶら下げて来た。誠実で仕事熱心ではあるが、唖《おし》かと人が疑うほど無口な男である。風采もありふれて目だたないので、酒飲んだとき以外は存在を忘れられているほどひっそりしていた。しかし、正直なので、辻安太郎も昌介も目をかけ、上海で、一時的停戦協定の日、川向こうに渡ったときには、助役《すけやく》の佐々木藤助、安井森吉、林市三郎などと、親衛隊に繰り入れられていた。しかし、苦力の襲撃の夜、佐々木が死に、「仁王の森やん」と愛称されていたしっかり者の安井が発狂し、苦力部落に女を探しに行って林が殺されたあとでは、竹下清造が生き残り組の最高幹部であった。とはいっても、彼は羽山組助役香山源一郎のように、敗残部隊の総帥ぶって威張ったり、のさばったりはせず、いつも片隅におとなしく小さくなっていた。それが酒の勢いと、傷心の若主人をいたわろうという心づかいとが重なって、昌介へ近づいてきた模様である。

「うん、おおきに」

あまり飲みたくはなかったが、昌介はコップを受けた。酔った手つきで乱暴についだので、泡があふれたってこぼれ落ちた。それをあわてて口に持って行き、ひと息にぐっと飲み干した。苦《にが》かった。

「もう、一杯」

横に腰かけた竹下は、また、つぎながら、すこし声を落として、

「若おやじ、長崎で変なことがありましたばい」

と、なんだか秘密めかした言いかたをした。

「変なことって？」

「船が着いたときから、税関の人といっしょに、警察が来とったでしょう。そのうちの一人が、わたしに何度も若おやじのことを訊きましたよ——あれが辻組の若親分の辻昌介に相違あるまいな、みんなといっしょに若松に帰るのに相違あるまいなッて、そりゃあ、しつこいほど、何度も、何度も」

「そうか」

「特高のようにありましたばい。そして、わたしに、自分が訊ねたことを若おやじにいわんどいてくれというて、口止めに、煙草を五つもくれました。若おやじ、気をつけなさったがえですよ」

「おおきに」

気をつけろといわれても、どうしようもなかった。特高につけまわされたことはこれまでに幾度もあったし、風体を怪しまれるのか、列車の起点、終点、乗り換え駅などではしばしば訊問された。とくに気持がよくないのは下関駅だ。プラット・ホームにずらりと私服の特高巡査が並んでおり、うさんな眼つきで遠慮なく乗降客を査問する。連絡船に乗らなければならない関門海峡は、お目付の絶好の関所らしく、昌介も数回、不審訊問をされたのみならず、警察署までつれて行かれたことがあった。辻組の半纏《はんてん》を着ていても、長髪をたなびかせ、知的な風貌をしているのが、普通の仲仕とはちがうように見えるのであろう。一度、東京のメーデーに半纏姿で上京したときには、数回調べられたり、引っぱられたりした。それにくらべると、出征部隊同様で長崎に上陸したためか、直接でなく、仲仕をつかまえて聞いたのはまだよい方といわなければならなかった。

降りしきる雪のなかを、列車は博多駅のプラット・ホームにすべりこんだ。

「やあ、辻君じゃないか。珍しいなあ」

乗りこんで来た一人の青年紳士が、頓狂な声を立て、大形《おおぎょう》な身ぶりで手をさしだしてきた。ラッコの襟のついた厚い外套をまとい、頭には上等のソフト、手に赤いカバンをぶらさげ、黒革の手袋をはめていた。縁なしの眼鏡をかけ、チョビ髭を生やしている。六尺ちかい巨体だが、声は小さくかんだかかった。

だれなのかすぐにはわからなかったので、昌介がとまどった顔つきをしていると、

「僕だよ、僕だよ。たった二、三年会わないだけなのに、忘れられたとは情けないな。河野ですよ。君と同じ中隊にいた……」

そういって、帽子をとり、ぐっと浅黒い六角形の顔を突きだしてきた。ポマードと香水のにおいがした。

「なんだ、そうか。君が悪いよ。そんな髭なんか生やすから」

やっとわかって、昌介も笑った。

二等車はそう混んでいなかったので、河野光雄は昌介の前に腰かけた。芸者風な女の同伴者があったようだが、その女は別の席に坐った。発見されては具合が悪いつれらしく、河野がめくばせしたのを昌介は見のがさなかった。相かわらずだなと苦笑がわいた。

凱旋部隊として仲仕たちは二等車に乗せられていた。むろん、旅費はいっさい三井物産持ちである。生まれてはじめて柔らかい青いクッションのある汽車に乗る者が多く、仲仕たちはうれしそうに、また、居心地わるそうにもしていた。主人の友人らしい客が来たので、竹下清造は、またユラユラと、仲間たちの席へ引きあげて行った。

ふたたび、列車は雪のなかを走りだした。

河野は煙草ケースをさしだして、友人にすすめたが、昌介が喫《す》わないというと、気どった手つきで火をつけ、一口喫ってから、

「君、新地も、風谷も戦死したよ」

と、いって首を振った。

「ほう」

「上海で会わなかったかい？」

「会わん」

「戦死の報も聞かなかった？」

「二人が行っとったことも、まるで知らんよ。そうかね。それは気の毒だ」

「僕も、じつは、いつ赤紙が来るかとヒヤヒヤしとったんだ。同期の連中が十人以上も召集されたからな。そして、新地と風谷とがやられたんだが、僕だって行っとったらどうなっとったかわからん。でも、もう、事変もヤマを越したようにある。今日の新聞を見ると、江湾鎮《キャンワンチン》を完全に占領したというし、戦況が一段落したら、列強が中に入って、全面的停戦協定が結ばれるだろう。

もう四、五日だと僕は見とる。でも、君は兵隊としてではなかったが、無事で帰って来れておめでとう」

辻組が五十人の仲仕をつれて上海へ急行したことは、大きく当時の新聞に取りあげられたので、河野光雄もよく知っていた。彼はT生命保険の係長をしているとかで、今日も会社の出張で別府まで行くのだといった。

昌介は異様な感慨にとらわれた。しぜんに、四年前の思い出が目まぐるしく脳裡を過ぎる。さっき通過した博多には、福岡二十四連隊があって、昌介は幹部候補生として十ヵ月間入隊した。河野光雄も、新地義親も、風谷栄太郎も同年兵だが、彼らには単なる戦友として以外の、不可解で後味の悪い思い出を持っていた。彼ら三人のうちだれなのかわからない。在営中、昌介を陥《おと》れ《しい》ようとしたのである。ひょっとしたら三人ではなかったかも知れないが、昌介はいろいろな点から見て、犯人は三人のうちの一人か、あるいは、三人共謀かという疑いを抱いていた。とうとういまにいたるまで真犯人をつきとめることができずにいるが、曖昧であるだけに、胸中のわだかまりは不快のかぎりで、その謎のいやらしさがやりきれないのだった。

2

昭和三年二月一日、福岡二十四連隊に入営したとき、辻昌介はまだ早稲田大学英文科二年在学中であった。一年志願兵制度が幹部候補生に改められた第一回で、大学、高等学校、専門学校の卒業者、ないしは在学者がその有資格者だった。そこで年齢もまちまちで、すでに三十歳近い者、妻帯者、子持ちなどまでいた。昌介は規則どおり二十一歳で徴兵検査を受けて甲種合格、二十二歳で入隊したから、現役兵と同じで、幹部候補生のうちでは最年少者だった。しかし、現役兵の二年在営とはまるでちがい、入隊したときから星二つの一等兵、大学出は二ヵ月ごとに一階級ずつ進み、十二月除隊のときは曹長になっていて、終末試験に合格すれば見習士官として少尉に任官できるのである。高等学校、専門学校出は三ヵ月ごとに昇進、除隊時は軍曹であるが、少尉へ任官する順序は大学出と同じだった。辻昌介は後者に属していたわけである。

入隊当日、六十六人の幹部候補生を営庭に整列させた八字髭の連隊長が、入営祝いの挨拶を述べた後、

「諸君は将来、わが光輝ある国軍を双肩にになって立つ幹部となるのであって……」

と、訓辞をたれたときには、昌介は変な気持がした。くすぐったくなって、あやうく吹きだすところであった。自分が国軍の幹部となるなどいわれても、ぴんと来なかったし、そんなものになりたくもなかった。それより、整列している幹部候補生たちの姿がいかにも雑然としていて頼りなげに見え、滑稽でしかたがなかったのである。体格は甲種から第二乙種までだから、丙種の不合格者はいなかったはずだが、どうしてこういう痩せっぽで弱々しそうなのが合格したかと思われる、貧相たらしい青白い顔の者は何人もいたし、そういう連中と国軍の中堅幹部という言葉とがどうしても結びつかないのである。また、学士も大勢いるし、全部がインテリであるから、どんな思想を抱いている者がまじっているかもわからない。それを考えただけでも軍隊生活のチ

グハグさが想像された。これからの十ヵ月間の訓練で一人前になるわけであろうが、逆効果を生じる危険もすでに想定された。昌介も不安のなかで、これからのきびしい軍隊生活にすこしの自信もなかった。そして自分の大切な青春の時期がこういう押しつけられた戒律のなかで、果たしてその自由と純粋さとを持続し得るかどうか、たたきつぶされて分裂するか、破壊するか、その試練への予想を身ぶるいするような冒険として自覚したのである。

幹部候補生はだいたい三等分され、第二大隊のうち、第五、第六、第七の三中隊に配属された。昌介は第七中隊第二班に入れられた。定員四十人ほどのうち、七人ほどが幹部候補生で、あとは二年兵、初年兵をとりまぜた現役兵だった。昌介たちはすでに星二つであったが、まだ星一つの初年兵たちは、いつも二年兵の睨《にら》みと折檻《せっかん》とにオドオドしていたし、古参兵たちは同じ星二つでも段ちがいにたくましく、鍛錬によって人間がどんなに変わるかは、その眼光や、風貌、態度などにはっきりとあらわれていた。善悪両面に、軍隊が人間を変革する機能と力とを持っていることを、昌介は入隊した当日、すぐに感じた。

「どうぞよろしく頼みます」

第二内務班に入った日、まっさきに、最古参らしい、淵上という上等兵に、やや策略的な笑みをたたえて、ペコペコ頭を下げたのは河野光雄一等兵だった。河野は慶応大学を出て、すぐに生命保険会社に就職していたが、腰がひくく、馬鹿丁寧だった。これが普通の初年兵なら、兵隊がそんなグニャグニャした態度でどうするかッと、大喝されると同時に、ビンタの一つも喰《くら》らうところであろうが、さすがに、上等兵も遠慮して、

「ま、仲ようしまっしょ」

と、しかたなさそうに笑って答えた。

彼らとしてみれば、現役兵が一年の苦行のはてに、やっとたどりつく一等兵の階級に、はじめから進んでいる幹部候補生が業腹だったにちがいない。軍隊では星一つがどんなに貴重なものか。それこそ、血と汗と命の成果である。しかし、幹部候補生は規則にしたがって定期的に進級するのだ。いまは一等兵でも数ヵ月後には、上等兵、伍長、軍曹、曹長と進んで、すぐに追い越してしまう。そこで、現役の上等兵たちも頼りない一等兵に対して、きつい態度もとりにくいのである。とれば、階級が絶対であるから、あべこべになったとき、どんな報復を受けないともかぎらない。そこで、表面はおとなしくしていたが、反感は容易に消えなかった。幹部候補生のほとんどが金持ちの息子であることにも反発していた。金で買った階級ではないかと執拗に考えていて、服従心などは毛頭持っていなかった。

第七中隊長は杉井大尉、ほかに中隊付将校が数名、特務曹長が一名、六班あったが、第二内務班長は大沢という、いかにも頑固そうな、軍規の権化のような、しかし、どこかに親切で、人のよさそうなところもある、醜男《ぶおとこ》の軍曹だった。彼は七人の幹部候補生に対しては、彼らがみな最高学府に学んだ教養ある紳士である点を尊敬していて、丁寧な言葉遣いと態度とで接し、部下の兵隊たちに対しても、「気をつけて世話してあげんば、いかんばい。行く末はみんなの上官になる人たちばっかりじゃけん」

と、一日に二度や三度はかならずいっていた。とくに点呼のときにはそれを欠かしたことがなかった。佐賀の出身らしく、葉がくれ武士の話をするのが好きだった。

　この七人の幹部候補生の中に、風谷栄次郎、新地義親がいたのである。風谷は昌介と同じ早稲田大学政経科出身、すこぶる色男で、ラグビーの選手をしていたといい、活発な性格だったが、頭はあまりよくなく、とくに記憶力が悪かった。新地義親は帝大法科出身、病身かと思われるほど青白い痩漢だったが、これはおどろくほど聡明で、「六法全書」をほとんど暗記しており、入隊していくばくもたたぬうちに、軍人勅諭の五ヵ条はもとより、「歩兵操典」「戦闘綱要」「陣中要務令」等の兵書の内容をだれよりも早く憶えた。しかし、体格が悪く、運動神経が鈍いため、実科の方は駄目で、いつも、

「おれは第一線の小隊長にはなれんが、作戦参謀の資格はあるぞ」

などといっていた。それで、すぐに「参謀」という綽名《あだな》をつけられたが、どこかに狡猾で陰険なところがあり、いつも要領よく立ちまわって、中隊長や、大沢班長の機嫌をとり結んでいた。しかし、自尊心は強く、同じ内務班の兵隊には頭は下げず、尊大なようすをしていた。あとの四人も、それぞれに特徴のある連中だったが、辻昌介は七人のうち、だれともあまり調子が合わなかった。人と争うことはきらいなので、だれとでも親しくはしたが、心の底のつながりはまるでないので、異民族のなかにいるような孤独と寂寥とがいつも消えなかった。同時にそれは一種の安堵でもあり、自分の青春の精神形成を、だれにも煩わされずにやれるひそかな自由は確保できると思っていた。

　兵営は旧黒田藩の舞鶴城址にあった。すでに天主閣や城はなく、大手門と、櫓《やぐら》と、石垣と、濠

とが残っているだけだった。それでも松林が深く、福岡の街の騒音とはかけはなれた閑静さがあって、環境は快適だった。一ヵ月、二ヵ月、三ヵ月が過ぎた。

上等兵になって間もないころのある日、面会人の知らせを受けた。その日は野外演習の小隊長をやる番に当たっていたので、武装をしたまま、指揮刀を手に持って、中隊から面会所に行った。だれが来てくれたのかと、楽しい期待で、五、六人いる面会人を物色していると、

「昌介さん、あたしよ」

と、意外にも、一人の背の高い芸者がニコニコ顔で、傍に寄って来た。銀杏返《いちょうがえ》しを結い、派手なお座敷着の褄《つま》をとり、白粉《おしろい》や紅を濃くつけていて、まるで博多人形のようだった。

「なんだ、高ちゃんだったのか。びっくりするじゃないか」

と、昌介はまったくおどろいて、少し呆れ顔でいった。

「いやなお客さんじゃったけん、お座敷ば逃げだして来たと。あんた、出られんと?」

「冗談じゃない。これから演習だよ」

昌介は、営庭をふりかえった。勢揃いした幹候生の一隊が、営門へ向かって近づきつつあった。軍靴のみだれた足音が、やがて「歩調とれ」という号令とともに、ザッザッと、規則正しくなり、「頭《かしら》ア、左」という衛兵所に対する敬礼の後、部隊は門を出て行った。その敬礼で、衛兵所のなかに、週番士官がいることを知った。

「僕、もう行かにゃならん」

芸者が恨めしげにしているのにもかまわず、辻上等兵が面会所を出ようとすると、衛兵の一人

が走って来た。

「候補生殿、週番士官殿がお呼びであります」

昌介はしかたなく、衛兵所に行った。陸大出をしめす天保銭を胸につけている週番士官に、直立不動の姿勢で敬礼すると、

「いま、あそこに来ている女人《にょにん》は、お前のなにに当たる人か」

そう柔和にいって、近藤大尉はニヤニヤ笑った。

「友だちであります」

「どういう友だちだ?」

「幼友だちであります。僕は……」

「僕といってはいけない」

「辻は若松の生まれでありますが、あの女も同じ若松でありまして、家が隣同士でありました。彼女の父は辻の家で働いておりましたが、現在は石炭荷役請負業者の組合、連合組で甲板番《デッキばん》をしております」

「どこの検番にいるのだね」

「中州検番とかであります」

「とかなんて、よく知らないのか」

「よく知りません。最近、芸者に出ていることを知ったのであります」

「それだけか」

「それだけであります」

「なにをしに来たのか」

「さあ、面会に来たのでありましょう」

週番士官は笑いだして、

「よろしい。これから、演習時間中に面会に来ることは、遠慮するようにいいなさい。来る場合でも、お座敷着などでは目立つから、銘仙かなにか、地味な普段着を着て、素人《しろうと》らしくして来させた方がいい。よしッ」

「参ります」

敬礼をすると、昌介は、いっさんに営門から駆けだして行った。面会所の方には見向きもしなかった。面会に来てくれたよりも腹立たしさの方が強かった。

松岡高枝が芸者に出ていることを、福岡市内の筑紫女学院にいる妹菊江から知らされはしたが、べつに会いたい気持はなかった。時奴《ときやっこ》という芸名の高枝は、美貌と芸の両方で、四百人以上いる中州検番の、幕の内という上位十五人のうちに入っている売れっ妓とのことだった。彼女からも日曜の外出のとき寄ってくれといわれ、一度か二度、いっしょに昼飯を食べたことはあるが、その後は外出しても戦友と球を撞《つ》いたり、映画を見たりして、なるべく近づかないようにしていた。同年の二十二歳であるが、すでに男の峯や谷を渡って来ている高枝は、女盛りの色気をしめし、手練手管にも長じていた。まだ童貞の昌介の方はほんの子供といってよく、なんとなく、時奴が怖かったのである。丙午《ひのえうま》の女は危ないなどという俗信はなんとも思わなかったが、昌介には、東京に、結婚してもいいと考えている女性もいたし、さわらぬに越したことはないと敬遠していたのであった。

練兵場にかけつけると、いっせいにひやかされた。べつに深いわけはない、といくらいっても、おごれおごれと喚き、教官の松山中尉までが、今度の日曜には、辻上等兵を尖兵とし、時奴を攻撃目標と定めて、奇襲作戦をおこなうなどと、面白そうにいった。教官や中隊長は時奴を知っていた。博多の花柳界では軍人が上得意らしく、将校を馴染《なじ》みに持っている芸者も多いらしいことを、昌介は知った。

3

状袋のようなベッドや、早い朝の点呼、麦飯、はげしい演習などにはしだいに馴れたが、候補生連中はまだ学生気分の抜けない者が多く、現役兵にくらべると、なにかにつけてだらしがなかった。また、怠け者が多かった。すでに世に出て生活している者は世故に長《た》けていて、教練や、形式的な規律を阿呆らしいことに考え、ムキになってまもろうとはしなかった。そのかわり、酒を飲んだり、女と遊んだりすることにはなかなか熱心で、夜間外出が許されるようになると、時間を切ったり、無断で外出したりして、中隊の幹部を手こずらせる者が続出した。

五月はじめの博多ドンタクは、古くからある名物の祭で、三日間、街をあげて底抜け騒ぎをする。いったいに博多の人間は祭好きだが、ドンタクはとくに賑やかだった。連隊でも各中隊ごとに、人形や飾り物をつくり、一種のコンクールをやった。第七中隊では、そのアイデアを候補生が練るように、中隊長から命ぜられた。十ぐらい集まったプランのうち、新地義親の案が一等になりかけたとき、なんの気なしに提案した昌介のちょっとした思いつきが、中隊全員の支持を得て、それが当選した。

そのとき、新地は青白く痩せた顔に、皮肉なうす笑いをたたえて、

「辻君は、兵隊を買収するのがうまいからなあ」

と、いった。

昌介は、けっして策略的な意味からではなく、生来の気質から、庶民出の兵隊たちと仲よくするのが好きだった。彼自身、辻組の後継者とはいえ、元来が父も母も沖仲仕であり、昌介もその間で育ったのである。金持ちぶったり、学位や教養を鼻にかけて、一般の兵隊たちを馬鹿にしているノラクラの候補生たちよりも、キビキビした現役兵たちと話をし、つきあっている方がずっと気持がよかった。それで、日曜の外出時には候補生たちの誘いをしりぞけて、現役兵たちとボートに乗ったり、酒を飲んだりした。兵営内の酒保にもよくいっしょに行った。そういうとき、金はたいてい昌介が出したが、買収するとか、手なづけるとかいう意味も、気持も、全然なかったのである。幹候の同僚たちと、カフェで女を侍《はべ》らせてビールを飲むよりも、兵隊たちと酒保でウドンを食べたり、ラムネを飲んだりしている方が、はるかに楽しかったのだ。兵隊たちもそういう昌介へ、他の候補生とはちがった親しみを感じはじめているようだった。

こういう心情のつながりあいは、教練のときにすぐあらわれる。幹候生が小隊訓練をやるとき

には、一般の兵隊が演習に使われるのだが、好感を抱いていない候補生の号令には、兵隊はまるで動かなかった。昌介は柔剣道をやり、中学時代には、野球選手もしていたスポーツマンだったので、体格がよく、教練や演習も下手ではなかった。松山教官から号令のかけかたや指揮のしぶりを褒められたこともしばしばある。そこへ兵隊たちが割合に好意を持っていてくれたので、演習のとき、気持よく諸動作がはこんだ。新地義親などのときには、兵隊たちはどんなに立派な号令をかけても、聞こえないふりをしたり、わざと反対に歩いたり、あべこべに散開したりした。日ごろから、それを新地はひどく口惜しがっていたが、さらに、連隊一とうぬぼれている頭脳からしぼりだしたドンタクの名プランを否決され、辻昌介に功をなさしめたので、彼の陰険で蛇のような復讐心が燃え出したように思われた。

絢爛《けんらん》たる祭礼の間を、外出した兵隊たちが門限ギリギリまで遊び歩いた。兵営外を娑婆とか地方とか呼んで、営門を出るのが兵隊たちのなによりの楽しみであった。しかし、夕刻になると、一般兵はあわてて営所へ帰ってしまい、夜は幹候生たちだけの天下になった。昌介も七、八人の仲間たちと酒を飲んだり、球を撞いたり、踊りを見たりして、みんなといっしょに、八時前に帰営した。すると、急に、風谷栄次郎がまっ青になって騒ぎだした。泣き顔になり、

「剣がない」

と、まるで唸るような声を立てた。軍服から帯剣をはずして釘にかけようとしたとき、鞘だけになっていることに気づいたのである。あわててそのあたりを探したがなかった。どこかで中身だけ落とすか、抜かれるかしたらしい。止め鉄《がね》があるから容易にひとりで抜けるわけはないから、

だれかがいたずらに抜いたのかも知れなかった。

大沢班長が心配して、中隊長と相談し、すぐに、第七中隊の候補生全部に特別外出証を交付する手続きをとった。神聖な兵器の問題であるから、騒ぎは大きくなった。中隊全部の責任になるのである。まだ酔いの醒めぬ候補生たちは、ふたたび、なくなった剣の中身を探すために、祭の夜の街に出た。

東中州と西中州とに挾まれた那珂川《なかがわ》の中心に、水上公園がある。そこに舞台がつくられて、舞踊大会が催されていたが、すでに終わったあとで、電燈も消え、人かげもまばらだった。敷きつめられた数十枚の筵《むしろ》のうえに、弁当殻や果物の皮、新聞紙などが散らばっていた。昌介は一人でそこへ行き、舞台のすぐ真下の筵を一枚ずつめくってみた。三枚目をめくったとき、その下に鈍くキラッと光った長いものがあった。帯剣の中身だった。しかし、これは当てずっぽうに探しあてたのではなく、第二内務班の淵上上等兵が教えてくれたのである。日ごろから、空威張《からいば》りする風谷栄次郎にひどい反感を抱いていた淵上が、昼間の外出のとき、そっとひき抜いてそこへ隠したというのだった。それを持って帰ると、その夜は風谷は涙を流さんばかりによろこんだが、翌日になると、ひどく疑い深げな眸《ひとみ》で昌介を見るようになっていた。

営庭にある藤棚にみごとな藤の花が鈴なりになり、中隊舎前の花壇に、紫陽花《あじさい》やカンナが美しく咲くころは、兵隊たちにとって頭痛の種のさまざまな検査がしきりにおこなわれる時期である。軍隊では員数がもっともやかましくいわれ、なくなった官給品の員数を合わせるために、兵隊たちは泥坊になる。盗まれた者はまた他の兵隊のを盗み、その泥坊競争は果てしがない。また、営内で所持してはならぬ品を持っている兵隊は、その隠し場所に知恵をしぼる。方々で悲喜劇がおこり、気の弱い初年兵が脱走したり、自殺をはかったりするのも、こういう時期に多かった。

ベッドの毛布をきれいにのばし、その上に、ニュームの飯椀《めしわん》、おかず皿、湯呑、箸、鋏、小刀、糸巻、針、その他あたえられた品々の数をそろえてならべる。整頓棚の上の手箱、軍服、シャツ、下衣、外套、帽子等はもちろん、帯剣、小銃なども厳重に調べられる。銃架にかけられた銃の引鉄《ひきがね》を検査官がいちいち引いてみて、パチッと音がするのがあると、その所有者の兵隊は、自分の鉄砲の前に直立不動の姿勢で立って敬礼をし、詫びの言葉を述べなければならない。

「三八式歩兵銃撃径発条殿、さぞ御窮屈でございましたでしょう。陸軍歩兵一等兵村野三太郎、ボヤアッとしておりました。今度から同じ目におあわせいたしましたならば、すぐに煖炉の焚付《たきつけ》になります。終わりッ」

高い天井近くの梁《はり》に登らせ、ワシワシワシと蟬の鳴き声をさせたり、銃架を遊女屋の格子に見たて、「兄さん、寄ってお行きよ」と女郎の真似をさせたり、ならべたベッドをいくつも登ったり潜らせたりしながら、ウグイスの谷渡りをさせたりする無邪気な懲罰法もあったが、鉄拳や、禁錮や、軽営倉や、重営倉などの処分もあって、経理検査、兵器検査は兵隊たちに地獄の思いをさせていた。

その日は経理検査で、ベッドの上に持ち物をきれいにならべた後、幹候生たちは内務班長の命令で、みんな練兵場に出ていた。教練は休みで、草のうえに寝ころがり、検査のすむまで駄弁《だべ》っていればよいのだった。みんなはのんきたらしく昼寝をしたり、酒や女の話をしたり、ある者は新聞や雑誌を読んだりしていた。松林に初夏の風が鳴りわたり、青空を走る白雲の中からでも聞こえるように、雲雀のさえずりが高らかだった。偽装網をつないで、兎を追いまわしている者もあった。

「辻君、なにを読んどるんだね?」

と、あおむけになって新聞を拾い読みしていた河野光雄が話しかけてきた。彼の軍服の肩章には伍長の金筋一本と星一つがあったが、昌介はまだ上等兵だった。

「アアネスト・ダウスンの詩集だ」

「翻訳やっとるんだね?」

「すこしずつ訳しておこうと思って……」

「まったく勉強家だ。英語はできるし、教練はうまいし、文武両道というところじゃないか。おまけに、芸者には惚れられるし、あやかりたいもんだな」

昌介は答えなかった。河野の女好きにはあきれたことがあるし、いつか、時奴を座敷に呼んで口説《くど》いたということも聞いていたので、この男とあまりつきあいたいと思わなかった。

六十六人の幹候生の中には、むろん、気分や人柄のよい男も多かった。筑後地方の大きな造り酒屋の息子とか、美術学校出のぶっきらぼうな絵かきとか、俳句の好きな電気技師とか、平家部落の研究に没頭しているという中学教師などとは、昌介も親しくした。しかし、日夜、内務班でベッドをならべ、顔を見て暮らしている河野や、風谷や、新地などと、どうもしっくりせず、はやく別班になりたかった。幹候生たちがみんな伍長に昇進すると、上等兵以上はいない現役兵との同居は、いろいろ都合の悪い事態が生じるので、幹候生だけ全員が集まって再編制されることになっていた。

検査が開始されて二時間ちかくたったころ、中隊から一人の伝令が練兵場にやって来た。一等兵はまっすぐに辻昌介の前に来て、

「辻候補生殿、中隊長殿がお呼びであります」

「僕一人？」

「はい、牧尾が御案内いたします」

昌介は兵隊にしたがって営門を入り、第七中隊兵舎に帰った。まだ経理検査は終わっていないらしく、階下の班に大勢のえらい人が右往左往し、班内の空気が緊張していた。

中隊長室は二階の営庭側にあった。昌介が入って行くと、がらんとした部屋の粗末な机に、杉井大尉が一人で腰かけていた。長い顔はふだんでも青かったが、そのときは心なしかいっそう青ざめて見え、柔和な眼にもいつもとはちがった鋭い光がみなぎっているように思われた。しかし、態度はものやわらかで、語調もわざとのように静かだった。

「辻上等兵、参りました」

と昌介がいうと、椅子をすすめて腰かけさせ、

「お前は学校はどこだったかね」

と、訊いた。

「早稲田であります」

「何科かね」

「英文学科であります」

「イギリス文学か」

「アメリカ文学も入っております」

「どういう作家が好きだね？」

「シェークスピア、ジョナサン・スイフト、オスカー・ワイルド、エドガー・アラン・ポオなどです」

「卒業論文はなにを書くつもりでいる？」

「ポオにしようかと考えております」

「お前はまだ在学中なのだね」

「はい、休学届けを出して入隊いたしました。除隊しましたら、また、学校に行きます」

「英文学以外では、どんな作家が好きだね」

「セルバンテス、アンドレ・ジイド、ゲーテ、ドストエフスキイ、チェーホフ……」

「ロシアでは？」

「いま申しあげましたドストエフスキイ、チェーホフ、ゴーゴリ、ガルシン、ゴリキイ……」

「お前の勉強しておるのは、文学だけか」

「はい」

「なにか、このごろ、消燈後までも、しきりに翻訳しておるという話だが……」

「イギリス世紀末詩人のアアネスト・ダウスンをぼつぼつ訳しております」

「そうか」

昌介には、なんで、中隊長が急に自分だけ呼びよせておいて、こんな質問を矢つぎばやに浴びせるのか、まったく見当がつかなかった。杉井大尉は厳格な半面、兵隊たちにも思いやりのある中隊長で、日ごろは昌介にも好意を示していてくれたので、不思議というほかはなかった。

しばらく言葉をとぎらせた中隊長は、すこしきびしい顔つきになって、真正面から昌介を見た。

「お前は中隊長に嘘はつかないだろうな?」

「はあ、嘘なんて……」

「これは、お前の本とちがうか」

抽匣《ひきだし》から取りだした二冊のうすい本を、中隊長は音のしないように机の上においた。

昌介はびっくりした。レーニンの「第三インターナショナルの歴史的地位」と、「階級闘争論」である。どちらも最近でた翻訳書で、昌介が外出のとき買って来たものだった。こみいったわからない場所に、巧妙に隠しておいたので、絶対に発見される心配はない、と安心しきっていたのだ。昌介は動悸が打ち、顔がカアッと燃えてきた。

「お前の本だね」

「はい」

「ベッドの毛布の下から出て来たのだ。お前は営内で読む本には、全部、中隊長の許可が要ることを知っているだろうな」

「よく知っております」

「こういう本が許可されると思っていたか」

「いいえ、とても許可されないと思いましたので、しかたなしに隠しましたのです」

追いつめられた昌介は、せっぱつまって苦しい弁解を考えめぐらしたが、とっさのことで名案が浮かばなかった。どうしてベッドの下から出て来たのか。その疑問とこんぐらがって、若い昌介はいたずらに狼狽した。混乱した。物を隠すのに、状袋といわれるベッドに隠す馬鹿はない。よっぽど間の抜けた初年兵が、ときに、もっともヘマな隠匿場所である寝台に隠して、すぐ発見される。昌介もそんなことは百も承知していたので、したたかな古参兵の知恵を借りて、班の倉庫の戸袋の内側に隠しておいたのである。そんなところまで探す検査員はこれまであったためしがない。絶対大丈夫だとその上等兵は太鼓判を押し、昌介も安心しきっていた。そこで、中隊長から呼びつけられ、意味ありげな訊問を開始されてからもなお、レーニンの本が発見されたためとは考えなかったのである。

だれかが戸袋から引きだして、ベッドの下に入れたのだ。それは疑う余地がない。だれだろうか。隠し場所を教えてくれた兵隊は絶対に信じられる理由があった。彼以外のだれかだ。目まぐるしく、昌介の脳裡に、河野光雄、新地義親、風谷栄次郎などの顔が浮かんできた。しかし、これらの思案や想像は短い時間にとりとめもなく回転したのであって、当面の問題は中隊長をいかにごまかすかにあった。

「じつは、この本は先だって面会に来た友人が置いて行ったものであります。辻の中学時代の親友ですが、久しぶりに面会に来まして、いきなり、これを辻に渡しましたのです。自分は手に取ってみましてびっくりし、こういう種類の本は許可にならないんだといくら申しましても、まあ、置いて行くよといいまして、むりやり……、でも、つぎの外出日に持って出て返すつもりでした」

昌介は汗みどろになって、必死に釈明これ努めた。中隊長がその友人の詳細を聞くので、しかたなく、原田勝之助の名をいい、問われるままに中学時代からの交友史と、彼が小倉のある病院の薬剤師をしている現況とを述べた。昌介は思いがけなくも、まずい言いのがれをしてしまい、友人原田へ必然的にかかって行く迷惑を考えると錯乱して、さらに、とりとめもない尾鰭《おひれ》をくっつけるのだった。

原田は平凡な市井人であって、進歩的思想など微塵も持ちあわせていないことを、昌介はよく知っていた。原田を引きあいに出したのは、もっとも最近、面会に来てくれたのが彼であったのと、彼の厚い友情が自分の危機を救ってくれそうな気が、漠然とながら、したためであった。

しかし、昌介は自分の卑劣さとエゴイズムとに、われながら嫌悪をもよおした。どうして、自分が読むつもりで、自分で買って来たのだといえないのか。そのときの昌介は、赤い思想の持主と判定されることが、一切の破滅を意味すると深刻に考えたのであった。

数年前から、マルキシズムの風潮はすさまじい勢いをもって、あらゆる面を掩《おお》いつくしつつあった。昭和元年末、日本共産党は再組織され、全日本にはげしいストライキの波がもりあがって、無産階級はその解放を叫び立てた。このためか、今年になって、三月十五日、共産党の大検挙がおこなわれた。四月には、日本労働組合全国評議会、労働農民党、日本無産青年同盟などの諸団体は結社を禁止された。そして、現在、左翼運動に対処し、これを弾圧する強力機関として、特高警察の設置が準備されている。こういう情勢の中で、昨年末からの第一次山東出兵に引きつづいて、四月と五月に、第二次、第三次の山東出兵がおこなわれた。また、軍国主義反対を唱えて、福岡に本拠を持つ水平社が連隊の中に爆弾を投げこんだ事件もおこっている。兵営内では、なによりも思想問題がやかましくいわれていた。幹候生に対しても、酒を飲んだり、女を買ったりする素行問題より、危険思想への警戒が十倍も厳だった。

こういう情勢の中で、赤だと認定されれば破滅すると、昌介が信じたのも無理はなかった。憲兵隊に引き渡され、軍法会議にかけられ、監獄に入れられる、その順序と結末とが眼に見えている気がしたのである。死の幻影すら彼を脅かしていた。必死になって、自分の潔白をいいたてる昌介を、杉井中隊長は静かな微笑をたたえて眺めていた。その落ちつきはらっているようすがかえって不気味で、昌介はいよいよしどろもどろになり、哀願の調子さえ帯びてきた。

しかし、そういうさなかにも、中隊長の前を退いたならば、大急ぎで、原田勝之助に連絡し、辻褄を合わせるように頼まなければならぬと、狡猾に策謀をめぐらしていた。路傍か、濠端かで、だれかわからぬ未知の男が、本を入れてあるらしい新聞包みを原田に託し、これを辻昌介君に渡してもらいたいといったので、面会のついでに持って来たのだ。中身が何であったのか、自分は知らなかった。原田勝之助にそういってもらえばよい。これなら原田にも大した迷惑はかかるまいと、昌介はそのプランに勝手に満足した。

「よし、わかった。お前のいうことをひとまず信用することにしよう。お前は、このごろ、アアネストなんかというイギリスの詩人の詩を翻訳しとるというたな？」

「はい」

「それを持って来て見せてくれ」

内務班に帰った昌介は、手箱の中から、原書とノートとを取りだした。もう経理検査は終わり、兵隊たちはならべてあった官給品類をとりかたづけて、それぞれの場所で、煙草を喫《の》んでいたが、淵上上等兵が寄って来て、

「辻さん、ひどい奴がいますねえ」

と、歯がみする語調でいった。

「君、知っとるのか」

「はっきりとは知らんばって、たいがい、見当はついとるです」

「いずれ、後で」

中隊長室に引きかえした昌介は、原書とノートとを机のうえに置いた。

原書の方を手にとってめくりながら、杉井大尉はやさしい態度になり、

「アアネスト・ダウスンというのは、どんな詩人だね」

「一口にいえませんですが、十九世紀末の、デカダンスの詩人でありまして、詩の大部分が恋愛詩で、と申しますより、失恋の詩ばかりでありまして……」

「ユダヤ人の危険思想や、共産革命とは関係ないね」

「ありません」

「いちばん、最近、訳した詩を読んでごらん」
昌介はノートを開いて「ブリタニイのイヴォンヌ」を朗読した。それはすこし前に訳したものだが、わかりやすいし、できるだけ甘たるいものがよいと考えたのであった。

あんたのおっ母《か》さんの林檎畑《りんごばたけ》の中で、
去年の春、あれからちょうど一年になるが、
憶えているかね、イヴォンヌ、
あんたに頭飾りをこしらえてやろうとして
大事な木から星のような花を惜しげもなく散らしてしまったのを。
憶えているかね、イヴォンヌ、
僕がまだこうやって憶えているように。

あんたのおっ母さんの林檎畑の中で、
どこにも人かげの見えないとき、
あんたははにかんで、ひどくはにかんで、ね、イヴォンヌ、
おとなしい思いやりのある眼をして、
果汁《しる》をとる仕事のすんだあとでは、林檎の収穫《とりいれ》の話をした。
こんなつまらないことは、イヴォンヌ、
あんたはきっと忘れてしまっているだろう。

静かな、こころよいブルタニイの薄明かりの中に、
僕らは口数もきかず、黙って坐っていた。
あんたのおっ母さんが小言《こごと》をいいにやって来るまで。
でも、もう、草には露が……

「もう、よろしい」と、中隊長は昌介をさえぎって、「お前、いつ翻訳をやっとるんだね？」

「消燈後であります」

「消燈後は内務班には明かりをつけられんことになっとるが……」

「カバーをしまして、龕燈《がんどう》のように真下だけ明るくするのであります」

「そんな無理をしなくてよろしい。かまわないから、この中隊長室を使いなさい。わしは、当直以外は営外の自宅に帰るから、ここで勉強してよい。大沢班長にもいうとくから」

「ありがとうございます」


第一の危険が去って、昌介はほっとした。このまま憲兵隊に引き渡されるかも知れないという不安もあったのである。レーニンの本は没収されたが、それがまだ新しいので、昌介がよく読んでいないらしいと、杉井大尉は判断したのかも知れなかった。しかし、中隊長が昌介に悪意を持ち、徹底的に疑う段になれば、しどろもどろに組み立てた昌介の虚構など、ひとたまりもなく底が割れるのであった。センチメンタルなアアネスト・ダウスンの詩も作用したのであろうか。昌介に対する中隊長の裁判は、意外なほど寛大であったばかりでなく、あべこべに自室を提供するという破天荒の好意まで示した。温情によって、裏切りを防ごうというのか。人のよい中隊長を

騙した辻昌介は、良心の疼きを味わいながらも、もうひとつの良心のなかで、真剣なたたかいをしていた。

若さをなにに託すべきか。青春の自由と特権とを、どういう野心と情熱の中に生かして行くべきか。これまではただ文学だけがあった。文学に全身全霊をささげて、なんの悔いもなかった。そのために、両親と争い、沖仲仕親分の跡を継がねばならぬ身が、むりやり、早稲田大学の英文科に入学した。しかし、その昌介に変化がきていた。まだ、漠然としていて、方向が定まらなかったが、文学かマルキシズムか、この新しい二つの命題の間を、最近の昌介は振子のように動いていたのである。

4

小倉にある小倉中学四年生のとき、早大を受験したいというと、父から、仲仕に学問はいらん、中学でも上等すぎると、一言のもとにはねつけられた。しかし、昌介が泣くようにして嘆願したので、そんなら、四年からパスしたら大学にやってもええが、落ちたら、もう五年からは受けさせんぞ、という条件と約束とで、受験だけは許可してくれた。その前に、父安太郎は中学の担任教師や、数人の先生に会って意見を聞き、まず不合格の可能性の方が断然強いと太鼓判を押されて安心していたのである。

小倉中学は有名な秀才学校で、毎年、上級学校への進学率は全国で一番か二番かという成績だった。しかし、昌介は成績は中位よりやや上程度であったばかりでなく、数学はとくに不得手で、というより、きらいなのではじめから勉強する気がなく、代数、幾何、化学などは、いつも最低点、甲乙丙丁戊の戊だった。代数教師などは、お前は低能だといっていた。野球の選手になってからいっそう成績が下がったが、それでも中位を維持していたのは、英語、国語、漢文、作文などが人並み以上によかったためだ。

しかし、最初から、文学をやるなら早稲田大学と定めていた昌介には、文科系統に必要な科目は割合によいので、受験に多少の自信はあった。そこで、さらに受験直前に糞馬力をかけて勉強し、父や学校教師の期待を裏切って合格したのである。自分の一生はこの合格不合格によって決定するという悲壮感に彩られ、昌介は必死であったばかりでなく、もし不合格の場合には家出をしてでも、文学の道に生きようとひそかに決意していたのであった。しかし、幸いにもパスしたので、自分の青春の野心と情熱とを文学に託するよろこびに燃えた。

そして、予科から本科へ進み、英文科に籍を置いて、級友たちと小説や詩の同人雑誌を出していたのだが、いつからか、すこしずつ、彼の眼が社会の方へ向きはじめていたのである。それは、まず、もっとも近い父の家業である石炭仲仕の生活のみじめさと、石炭資本家の生活の贅沢《ぜいたく》さとの対比からはじまって、その不合理と、矛盾とを考えさせられるようになったのであった。しかし、なお、それは漠然としていた。エドガア・アラン・ポオを卒業論文に選び、デカダンな世紀末詩人アアネスト・ダウスンに熱中するような気質と、生活の実体などはほとんど知らないお坊ちゃんの稚《おさな》さとが、もっとも現実的な階級闘争の血なまぐささへ結びつく距離は遠かった。

しかし、その生々しい現実の実感を離れて、曖昧《あいまい》ではあるが、若々しい一途な正義感と、一種のロマンチックなヒューマニズムとが、昌介をマルキシズムの理論へ近づける距離は、そう遠くはなかったのである。それは書物というものがあったからである。そういうときに、入営の時期がきて、軍隊生活のなかで、昌介はこの新しいテーマに揺すぶられていたわけだが、ひとたびは生涯の仕事と定めた文学を捨て去るまでの決意は、まだ、容易にわかなかったのである。

5

レーニンの本を二冊、倉庫の戸袋から引きだして、ベッドの下に入れたのが何者であるか、結局、わからなかった。淵上上等兵は、見当がついているといったけれども、証拠のない当て推理で、真犯人は不明だった。

「河野か、新地か、風谷のうちの一人ですよ。それとも三人共謀かも知れん」

というだけで、それなら、昌介の疑念と大差なかった。犯行はよほど巧妙におこなわれたらしい。幹候生は定期的に星が一つずつふえて行ったので、星が象徴する階級の価値に対して、あまり切実感がなかったけれども、現役兵の間では、星はすさまじい権力であり、暴力であった。二年兵で伍長勤務上等兵である淵上などは、内務班では、一種の専制君主といってよかった。初年兵はまったくみじめだった。班の掃除、食事、銃の手入れ、一切合財、初年兵がやらされる。ちょっとでもやりしくじると、どなりつけられ、殴られる。消燈後でも、なにか一人の初年兵に落度があると、全部の初年兵がたたき起こされ、片はしから打たれる。整頓が悪かったり、スリッパの脱ぎ場所がほんのすこしまちがっていたりしても、よく眠っているところをゆすぶり起こされる。食器袋がわずかによごれていても、わざわざストーブの煤を真っ黒にくっつけておいてから、

「こげん汚れとるのに、なぜ、洗濯せんのか」

と、その袋で顔を引っぱたく。

消燈後、状袋のベッドのなかで、初年兵が嗚咽している声を、昌介はしばしば聞いた。そして、もし、幹候生でなく、普通の現役兵で入営したならば、自分もこれと同じ目にあわされるのだと思うと、寒気がした。しかし、そういう淵上上等兵も上官の前に出ると、だらしがなかった。

あるとき、連隊長の内務検査がおこなわれることになって、まず、中隊長が下検査した。兵隊たちは班内をきれいに整頓し、それぞれ、手箱の抽匣《ひきだし》を抜いてベッドの上に置き、いっさいの官給品をならべた。杉井大尉は一人一人の品物を調べ、規定外の品や、女の写真、許可されていない雑誌などを発見しては、きびしく注意した。そして、淵上上等兵の番になったとき、手箱の中から、一対の手袋を引っぱりだしてひねくりまわしていたが、

「毛の手袋は許可されておらん」

といって放りだし、行ってしまった。

後で、班長の大沢軍曹が、その手袋をとりあげて、淵上上等兵を叱った。

「こんな毛の手袋は許されとらんぞ。下士以下は綿《めん》ということになっとるのは、お前も知っと

るはずじゃないか」

「班長殿、これは毛ではありません。綿であります」

「いンや、これは毛じゃ」

「いいえ、買うときに綿というて買うたのであります。どこに行っても綿で通っております」

「馬鹿こくな。中隊長殿が毛とおっしゃったじゃないか」

「それでも、毛ではありません。よく見てつかァさい」

「毛が七分は入っとる。なァ、みんな、これは毛じゃろうが。毛は許されとらんぞ。淵上、すぐに故郷へ送り返せ」

「でも……」

「抗弁するか、貴様」

「はい、すぐ返送いたします」

昌介は、綿を毛にしてしまう軍隊の奇妙な暴力にあきれ、こういう不合理な矛盾が招来されて来る根本の場所へ、しばらく思いを走らされた。しかし、若い昌介には、まだその真実を把握する深い思考の幅も力もなく、ただ、異様な昏迷と憤りとを感じたにすぎなかった。滑稽至極なことなのに、おかしさよりも鳥肌だつ思いだった。そして、それはそのまま自分の青春形成への圧力となって、昌介は自由への不安を感じ、自分もこの軍隊のなかで、これから先、どれだけ歪められるだろうかと、そらおそろしい思いを味わった。それにもかかわらず、昌介は、この不気味な軍隊生活を、全面的に否定するよりも、人間の可能性の煉獄として、一つの発見をしようと努力したのである。そのもっとも大きな実験は、日出生台《ひじゅうだい》行軍であった。

6

七月をなかば過ぎた真夏の夜、福岡二十四連隊の大部分は、いかめしい完全軍装をして、兵営の東通用門から出発した。入隊以来、完全軍装をしたのははじめてであるが、辻昌介を含む幹部候補生たちのほとんどが、すでに、この軍装のものものしさにうんざりしていた。

「おれたちを殺すつもりじゃあるまいな」

伍長に進んでいた新地義親や、河野光雄は腹立たしげにそういって、しきりに、仲間の共感を求めていた。はじめから落伍を予定している口吻《こうふん》である。落伍するなら連れが多い方がよい。他の幹候生たちもほとんど自信がなさそうだったが、中には、風谷栄次郎のように、

「なに、これくらい。現役兵に負けはせんぞ」

と見得を切る者もあった。

完全軍装の場合、まず背嚢《はいのう》に必要品をつめこむ——夏襦袢、袴下《こした》、各一着、靴下四足、羅紗刷毛《ラシャばけ》、靴刷毛、洗濯刷毛、綫管《せんかん》、薬室掃除器、油管、保革油入れ、洗濯石鹼、タオル、歯ブラシ、歯磨、燕口袋、「歩兵操典」「陣中要務令」「野戦築城教範」「通信教範」「射撃教範」「突撃作業教範」「築営教範」等。このうえに天幕、小円匙《しょうえんぴ》、偽装網、飯盒《はんごう》(これには、二食分の麦飯)、前盒、後盒、帯剣、雑嚢、水筒、それに、小銃。昌介は背嚢の中に、岩波文庫版の「上田敏詩

抄」を入れた。これだけを身体につけただけで身動きもできぬほどだが、これだけで約八里の、しかも、山岳地帯の行軍をするわけであった。

出発前、面会に来た妹菊江は、

「兄さん、大丈夫?」

といって、もう、涙をためていた。

「大丈夫かどうかわからんが、行かなくちゃならんから、行くつもりだ。二年兵でも落伍する者があるそうだから、自信はないよ。それに、こないだの太宰府行軍のときの足の豆が、まだ、ほんとうに治《なお》っとらん。途中でたおれるかも知れん」

「無理をしないでね。兄さんは大切な身体だし、命あっての物種だから……」

この妹は、後に、共産党のオルグであった男と結婚して、そのことが、昌介へ決定的なある影響をあたえる結果になったわけだが、このときは筑紫女学院の学生で、まだ独身だった。お転婆といわれるくらい快活で、色白の丸顔はいつも微笑をたたえていたが、兄の頼りなげな軍装姿を見ると、さすがにベソをかいていた。

「兄さん、高ちゃんが、とても兄さんに逢いたがっとったわ。誘っても、ちっとも遊びに来てくれんから、あたしから、ぜひ遊びに行くようにすすめてくれって」

「いつか、派手なお座敷着で面会に来て往生したよ。あんな女には、相手にならんにかぎる」

そんな話もして別れた。

営所から博多駅までの行軍が、すでに一苦労であった。背嚢でしめつけられて胸が苦しく、肩が痛かった。全身は汗にまみれ、足はズキズキと疼《うず》いた。ひどく咽喉がかわいた昌介は、乗車までの休憩時間中、駅の売店で三本もラムネを飲んだ。チョコレートやキャラメルを買ってしゃぶった。

　公衆電話室のかげに、一人の一等兵が桃割れ姿の娘と、鼻をくっつけあうようにして、なにかヒソヒソ話しあっていた。昌介をチラと見たが、すぐそっぽを向いた。本来ならば、上等兵の昌介に敬礼をしなくてはならないのだが、幹候生に反感を抱いている一等兵たちは、なんとかして敬礼をすまいとごまかしていた。昌介もべつにそれを咎《とが》める気はなかった。ところが、その一等兵が、突然、電流でもかけられたように、直立不動の姿勢になり、しゃちこばって電車通りの方角に、挙手の礼をしたのである。

　桃割れは呆気にとられた面持で、恋人を眺めた。それから、その兵隊の厳粛な視線が鋭く一直線に注がれている方角を見た。着剣した十人ほどの兵隊にまもられて、軍旗がやって来るのであった。街の灯に剣がキラキラ光る。ラッパが鳴りひびき、兵隊たちはゼンマイ機械のように歩調を取っていた。中央に囲まれた連隊旗手の若い少尉は、皮革でつつまれた軍旗を捧持して、高く足を上げ、しっかりした足どりで、誇りに満ちて歩いていた。

　時間が来て、部隊は臨時列車に乗りこんだ。午後十時三十四分、発車。車内はムシムシするので窓は全部開け放ってあったが、今度は夜風とともに、石炭の煤がさかんに飛びこんで来た。昌介の乗った箱は第七中隊の幹候生と、機関銃隊。現役兵が整然としているのにくらべ、幹候生の方は行儀が悪く、列車長の特務曹長が口を酸っぱくしてくりかえす汽車軍紀などはおかまいなしである。背嚢を棚に上げ、巻脚絆を解き、靴を脱ぐ。やっとすこし楽になる。ウイスキーを持ちこんでいる者があり、飲みはじめると、たちまち幹候生班はまるで宴会のような賑やかさになった。例によって、女と酒の話から、どぎつい猥談《わいだん》に落ちる。

こういうとき、いつも話の中心になるのは、「参謀」の新地義親で、彼は自分の頭脳の明晰《めいせき》さと豊饒な知識とを誇示するように、博引旁証《はくいんぼうしょう》、泉のように滾々《こんこん》とつぎからつぎに話題を引きだして、仲間を煙に巻いた。活発なラグビー選手で、教官や中隊長からは、もっとも優秀な小隊長候補と折り紙をつけられてはいるが、記憶力の方はサッパリの風谷栄次郎などは、まるで、「参謀」を神様扱いしていた。新地は仏法《フランス法》とかで、フランス語はペラペラなので、入隊した当初は、昌介も彼からフランス語を習おうかと考えたことがある。本科に進んでからすこしフランス語をやり、東京丸善で、アンドレ・ロオトが描いた極彩色石版画挿絵入りのジャン・コクトオ限定版詩集「ESCALES」を手に入れていた昌介は、新地の協力を得て、これを訳してみたいとも思ったのだが、すぐに、新地の陰険な性格を知って、こういう男からはなにも恩恵を蒙りたくないと思いとどまったのであった。新地のエロチックなフランスの小咄《こばなし》は人気をさらっていた。

「みんな、まるで、旅行でもするような気になっとるな」

と、やって来た教官が苦笑した。

まっ赤な顔の新地伍長は、手にしたウイスキーを松山中尉の前にさしだし、追従的《ついしょうてき》に、エッヘッヘッへ、と笑いながら、

「教官殿、ま、一杯、いきましょう」

「君たち、そんなに飲んどると、明日、参るぞ。日出生台がどんなところか知らんのじゃな」

「いえ、ようく知ってますよ。山また山の大山岳地帯、峨々たる断崖絶壁の連続で、明日は死の行軍ということを。それで、実は今夜かぎりの命と思って、せめて歓を尽くしているんです。なに、この酒、上等ですから、明日にこたえはしません。EMPRESS OF EMPRESSES：DANCER COCKTAILです。さ、教官殿、一杯」

剽悍《ひょうかん》な松山中尉も、幹候生にたいしては一目おいていたし、酒好きでもあったので、新地のさすコップを受けて、自分もサロンのメンバーにくわわった。すると、監督官の許可でも出たように、幹候生たちの酒盛りはいちだんと勢いを増し、喧騒をきわめた。

昌介は仲間にくわわらず、片隅で「上田敏詩抄」を読んでいたが、河野光雄がウイスキー瓶をぶらさげて近づいて来たので、あわてて眼をとじて狸寝入りした。

車中の饗宴は深夜までつづいていた。新地義親は酔いつぶれ、座席の間に落ちて、床の上に寝てしまった。その他にも、前後不覚になってだらしなく伸びる者があり、箱の後半部に乗車している機関銃隊の現役兵たちは、苦々しげな顔つきで、

「畜生、あげん奴らが任官してみんな少尉になるとか。それでも——上官ノ命令ハソノ事ノ如何ヲ問ワズ、抗抵干犯《こうていかんぱん》ノ所為アルベカラズ、というて、おれたちはあいつらの命令を聞かにゃならんとか」

と、歯がみするようにして、呟いている者があった。

昌介は逃げだしたい思いがしていたが、疲れのため、いつか眠ってしまった。

7

軍用列車が日豊線の豊前善光寺駅に着いたのは午前五時三十五分、東の空が白んでいた。停車場も小さく、町も小さい。全員下車して駅前広場に整列すると、すぐに、軍旗を先頭にして行軍がはじまった。

空はどんよりと曇っている。雨が降っては困るが、陽が照らない方がよかった。朝は涼しいけれども、日中になれば炎熱がはじまるにきまっている。これから、日出生台高原の演習兵舎まで八里の行軍というのは、幹候生たちにとっては恐怖であった。しかし、辻昌介は歯を食いしばり、全身全霊を傾けて、なんとかして目的地に到達したいと思い定めていた。この強行軍は困難をきわめるものにはちがいないが、人間の能力を無視しているわけではない。現役兵の体力や精神力なら充分に可能性のある範囲なのであって、幹候生がたじろいでいるのは、訓練が不足のためなのだ。昌介はこの行軍を自分の肉体と魂との鍛練として受けとり、自分の能力の可能の極点を実験してみる悲壮の決意を固めた。

人間は自分を知っているようで、ほんとうはいちばん自分を知っていないのだ。自分の性格や、能力や、才能についても、つねに盲点や死角に災いされていて、真実を摑み得ない。そのため、したりげに自分を規定していても、その規定や限界が果たして当を得ているかどうかはわからない。全力をあげれば、どこまでの可能性が発揮されるか。それを発見することは楽しみでもあり、重大な意義もあった。それは、これからやりたい仕事の野心に対して、青春の情熱がどれだけの成果を期待し得るかという証明にもなる。また、自尊心や見得もあった。

そこで、昌介は、幹候生たちがはじめから落伍を計画し、軽便鉄道に乗って行こうとか、背嚢や装具を砲兵隊の挽馬《ばんば》に積ませようとか、猾《わるがしこ》いもくろみをしているのを聞きながら、自分はあくまでも完全軍装のまま歩き通す決心をしたのである。昌介は、自分へ対する戦いの姿勢になり、自信はなかったけれども、たおれるまでは弱音を吐くまいと、心に誓った。

武装した兵隊の列は、えんえんとつづいて、前方にそびえる福万山の高原に向かって歩いて行った。もう、昌介は苦しくなった。

豊前善光寺の町を出はずれたところのちょっとした広場に、一本の銀杏《いちょう》の木があった。その根元に、一人のみすぼらしい老婆がしょんぼりと立っていた。足もとにバケツが置いてあり、下手な字で「湯茶供給所」と書いた紙が、銀杏の幹に貼りつけてあった。しかし、まだ出発したばかりで、水筒にいっぱい水を入れている兵隊たちは、だれ一人そこへ立ち寄ろうとはしなかった。老婆は知らぬ顔で過ぎて行く隊列をぼんやりと眺めていたが、どうしたわけか、ボロボロと涙を流し、声をあげて泣きだした。彼女の息子も兵隊に取られているのであろうか。それとも、最近の山東《さんとう》出兵で戦死でもしたのか。昌介はこの路傍のなんでもない光景が変に眼と心とに沁みたが、そんな人事《ひとごと》よりも、もはや、行軍の苦痛が全身を侵しはじめ、額からしたたり落ちる汗が眼に入って、前方が混沌と霞んできた。

四日市の町で朝食をした。曇っていた空が晴れはじめ、日中が暑くなることが予見された。兵隊たちにとって、真夏の晴天は苦手といってよく、雲間からのぞきはじめた青空のかけらを、まるで脅迫者でもあるかのように、恨めしげな眸《ひとみ》で見た。夏の行軍にはすこしくらい雨が降った方がよいくらいだ。日射病がいちばん怖かった。軍医や看護兵はついてはいるが、病人が出ない方がよいにきまっている。日射病がひどくなると死者の出る危険があった。町の中央にある広場に叉銃《さじゅう》し、背嚢をおろすと、身体がヒョイと浮きあがるようだった。全身の骨や節々がポキポキと鳴り、老人のように、曲がったまま急にはまっすぐにならない腰をたたいて、昌介は苦しいながらもおかしかった。

「ここで、約一時間休憩、朝食をしまう。集合はラッパ一声」

トマトのような赤鼻の矢代《やしろ》特務曹長の号令で中隊は解散した。この特務曹長は意地悪で、威張り屋で、ちょっとしたことで兵隊をがみつけるので、あまり人気がなかった。幹候生にたいしても、現役兵同様に容赦しなかった。しかも、前夜は車中で、列車長の彼が口を酸っぱくしてやかましくいった汽車軍紀を、幹候生たちが無視して騒ぎまわったので、今日はとくに幹候生への当たりがはげしかった。ちょっとの行軍でもう幹候生が参っているのを見ても、同情の色はみじんも示さず、それ見たことかという顔つきをしていた。

「あいつら、全部、落伍するぞ。国軍の中堅幹部が聞いてあきれる」

と、憎々しげに、呟いていた。

「辻君、どこかで、いっしょに、ブレイク・ファストをしたためようじゃないか」

河野光雄が誘いに来たので、近くにある小さな神社に行った。社務所の横に、まだ、新しい能舞台があるので、そこにあがりこみ、飯盒を開いた。昨夜つめた麦飯は、冷たくぽろぽろになっており、中盒には、佃煮の小魚、沢庵、梅干などがごったがえしている。腹が減っているのでなかったら、とうてい、咽喉を通りそうもない代物《しろもの》である。腹が減っていても、口の中に入れると、味も素っ気もない。しかたなしに、眼をつぶってのみこんでいると、第二班の二年兵で、儀保という、琉球生まれの上等兵が、大きな薬罐《やかん》をぶら下げてやって来た。

「辻さん、熱いお茶をあげましょう」

辻の飯盒に、白い湯気の立ちのぼる茶を注ぎこんだ儀保上等兵は、チラと河野伍長を見てから、

「それは、ありがとう」

そのまま立ち去ろうとした。

河野も冷たい麦飯に閉口していたらしく、

「おいおい、儀保さん、そら殺生な。私にも下さいよ」

と、飯盒をさしだして、ペコッと頭を下げた。

河野は、現役兵の機嫌を損じては損と考えていて、入隊以来、階級の下の兵隊にもいんぎんな言葉遣いをしていた。生命保険の勧誘の要領なのかも知れなかった。時に応じて、ふるまい酒をすることも忘れない。それなのに、にやけて、狡猾そうな河野は、いつまでも反感を持たれていて、とくに、精悍な沖縄県人の儀保上等兵は河野を好まないようだった。しかし、くれといわれて無下《むげ》にしりぞけられもせず、また後がえって、伍長の飯盒にも湯をついだ。そのつぎかたがぞんざいで、辻の半分も入れないうちに、サッサと切りあげたのは、いかにも、恵んでやるといった態度が露骨だったのに、河野伍長の方は、また、ペコリとひとつ頭を下げて、

「ありがと、ありがと。これで、どうにか、朝飯がいただける」

と、追従笑いをした。

神社の境内のあちこちに兵隊が屯《たむろ》し、それぞれの仲間で、朝飯をとっていた。現役兵たちはまだすこしの疲れも見せてはおらず、どこの組も大元気で、高話をし、笑い声を爆発させ、湯茶の接待をしている町の若い娘たちをからかったりして、楽しそうにしていた。これにくらべて、幹候生たちはもう苦痛の表情を浮かべ、自信がなさそうに、グッタリとなっている者が多かった。

昌介は巻脚絆を解き、靴をぬいでみると、方々に豆ができかかっているので、少々心細くなったが、やはり、なにくそ、最後までがんばってみせるぞと、内心でひとり、力《りき》みかえっていた。

能舞台の背景には、三蓋松《さんがいまつ》と高砂《たかさご》の翁媼《おきなおうな》が描かれ、欄間には絵馬がビッシリと四面にかかげられてある。川中島合戦、豊太閤朝鮮征伐、神武天皇東征と八咫烏《やたがらす》、日本海海戦など一枚のこらず戦争画だった。全身の汗をふいた後、装具をつけながら、その絵馬を見ていると、河野伍長が、耳に息のかかる近さから、

「辻君、君、えらい災難に遭ったねえ」

と、低い声でささやいた。

すぐには、その意味がわからず、

「えらい災難って?」

「ほら、あれだよ。赤本《あかほん》事件だよ」

辻は返事ができず、とまどった思いで、秘密めかした言いかたをする河野伍長の浅黒い六角形

の顔を見た。河野はそんなことはかまわず、ちょっと、あたりを見まわしてから、

「君を嫉《ねた》んでる者があるんだ。頭脳明晰ということと、善良とは同義語じゃないからね。これからも気をつけた方がいいよ」

「新地君のことをいってるのかね」

と昌介は、河野の顔を見すえるようにしていってみた。

大形に手を振って、ブルブルというように、肩をすくめた河野は、

「とんでもない。だれだと、ハッキリいったわけじゃないよ。だれだということは、君の想像にまかせる。僕は人を讒訴《ざんそ》することはきらいさ」

と、ごまかしてしまった。

噂をしていた新地義親が、二人の姿を見つけて近づいて来た。青白い痩軀の新地伍長は、今度の演習行は敬遠するとはじめはいっていたが、福万山や、日出生台高原や、湯布院温泉など、到着してからの風景の壮大さ、生活の楽しさなどを考えて参加したのであった。そのかわり、途中の行軍にはできるだけ楽をする算段をし、わざと落伍して、軽便鉄道に乗って行こうともくろんでいた。一人では具合が悪いので、同志を募集していた。かなりの陰謀荷担者があった模様である。昌介はこれを断わった。能舞台に、辻と河野がいるのを見た新地は、疑い深げなようすで、

「辻君、そこで古本屋を見つけたんだ。こんな田舎にしては珍しく、いい本を持っている。行ってみないかね」

と、昌介一人を誘った。

新地のいうとおり、かなりまとまった全集物などを揃えている古本屋であったが、文学書は少なく、とくに欲しい本もなかった。思想書は買いたいものがあったけれども、新地の前では、まるで関心がない顔をしていた。ペダンチックな新地は、ショウペンハウエルの「意志と表象としての世界」三巻とか、デカルトやフィヒテの哲学書とかを、五、六冊、金を払って、久留米の自宅へ送らせる手筈《てはず》をたのんだりしていた。そして、思想書のならんでいる棚の前に、わざとのように行き、

「おっ、辻君、問題の書があるよ」

とレーニンの「第三インターナショナルの歴史的地位」を、わざわざ抽《ぬ》きだして、昌介に示した。

辻上等兵が当惑していると、声をひそめ、

「犯人を僕は知ってるよ」

と、耳元にささやいた。

「河野君だというのかね」

と、今度も、昌介はいって、まともに新地の青白く痩せた顔を見た。

「いやいや、だれといわなくとも、君の見当は、そう狂ってはいないだろう」

新地は河野のように狼狽して打ち消しはしなかったけれども、その落ちついた態度や、曖昧ないいまわしには、新地の方がはるかに河野よりは陰険で、策謀に富んでいることを示していた。しかし、陰謀家というものはどこかに共通したところがあると感じて、昌介は苦笑が湧いた。人を陥れて自己をまもるエゴイズムは、一種の原始的感情であるから、その方法も単純なのかも知

れない。本を見つけられて、自分が中隊長に必死に弁明したときも、卑劣さはこれと似ていた。昌介は、河野と新地との背反作用の原因がなんであるかはわからなかったが、二人に対する疑いはさらに濃くなったのである。

「辻さァん、……辻さァん……」

遠くで名を呼ぶ声を聞いて、古本屋から出た。掘割に添った石橋のところで、すっかり軍装をととのえた淵上上等兵がどなっている。後《おく》れたと気づいた。集合図のラッパ一声はすこしも聞こえなかった。新地と二人で走って、叉銃のところに行ってみると、だれもいなかった。淵上が昌介の銃だけ持っていて、背嚢は初年兵がかついで行ったという。走った。曲がり角で部隊の後尾に追いつき、背嚢は受けとったが、第七中隊は、もう五、六町も先を歩いていた。また、走った。背嚢が背中で踊り、負革《おいかわ》が肩に食いこむ。汗が急速に溢れ出た。足の豆が痛かったが、我慢して走りつづけた。

「なにを愚図愚図しとったか」

やっと追いつくと、矢代特務曹長から、はげしく叱りつけられた。

幹候生は先頭を歩いている。列中に入ると、河野光雄が疑い深げに昌介を見ながら、

「新地君は？」

「さあ、僕一人、夢中で走ったもんだから……」

「もう落伍したかな」

「これくらいの行軍で、落伍する馬鹿があるもんか」

と、颯爽としている風谷栄次郎が、胸を張るようにしていった。優秀な小隊長候補である風谷は、たしかに、現役に負けないほど元気で、だらしがない幹部候補生の間では目立っていた。

完全軍装して走ったので、昌介はいっぺんで疲れた。汗でずぶ濡れになり、全身が解体するように、変に痛だるかった。ものをいう元気もなくなり、機械的に、隊列に流されて行くだけだった。

「どうだ、大丈夫かね」

と、杉井中隊長に声をかけられたけれども、口中で、はあとためいきのように答えたきり、うつむきかげんになって、黙々と、歩いた。

町並みが少なくなり、道はだんだんさびしくなりはじめた。まだあまり伸びてない稲田のつづく農村を屈折しながら、しだいに山道へかかる。池があり、堤があり、川がある。川は、いつどこから変わったのか、驒館川《やっかんがわ》から恵良川《えらがわ》になった。岸が高く、丈余の断崖をなした下に、清冽な水が速い流れのため、岩にせかれて白いせせらぎの飛沫を散らし、いたるところに青く淀んだ淵をつくっている。釣糸をたれている者がたくさんあって、過ぎて行く兵隊の列を見ていた。鮠《はや》や鮒《ふな》がいるらしい。川の中はいかにも涼しそうだった。しかし、兵隊は炎熱地獄の中を、喘ぎ喘ぎ行進していた。山道にかかるにしたがって、さすがに現役兵も楽ではないらしく、出発時の元気はなくなっていた。みんな歯を食いしばり、唇を嚙み、怒ったような顔をしている。

鍛練の差が時間とともに、しだいに明瞭にあらわれてきた。現役兵のうちでも、二年兵と初年兵とは段ちがいだったが、現役兵と幹候生とはそれ以上にちがっていた。もはや隊列はバラバラになり、順序もなにもなかった。規律をやかましくいっていると、だれもついては行けない。とにかくどんなに乱れてても目的地へ着けばよいのだった。

すでに、幹候生のうちにはかなりの落伍者があった。新地義親をはじめ、作戦どおり軽便鉄道で運ばれた兵隊も多い。玩具のような旧式汽車には、明治初年の歴史的機関車がつかわれていて、場所によっては走った方が速いくらいだった。ゴットン、ゴットンと、探り探りのようである。車内には夜は電燈がつかないのか、提灯がつるされ、ブラブラ揺れていた。ある場所では、駅でもないところに停車し、部落の奥から馬に乗って来る花嫁を待っていた。そんなのどかな田舎の風景が、難行軍中の兵隊たちの顔にちょっとの間、微笑をちりばめさすけれども、それで苦しさが減るわけではなかった。

しかし、こういう苦難に喘ぐ兵隊の列を遠望すると、なかなか美しかった。一歩も歩けなくなり、装具をほどいて、しばらく畦道にへたばっていた昌介も、この思いがけぬ兵隊の行進の美しさに眼を瞠《みは》った。近よってみれば、一人一人だらしがなく、勇ましいところなどすこしもないのに、列をなし、えんえんとつづいて、山岳へ向かって挑む兵隊の列が、異様に美しく見えるのはなぜか。とくに、隊列が池や堤や川にさかさに映るとき、声を立てたいほどの美しさを現出するのだった。なにかを目ざして、共同の行動をとるものがあらわす意志と秩序の美であろうか。単なるシンメトリーの美か。昌介は前方を見る。ぎらつく太陽を浮かべた底抜けの青空を背景に、怪奇な山容が突き立っている。樹木の少ない山であるが、どの山も普通の格好をしていない。ひねくれたり、曲がったり、凹凸のはげしいギザギザを連結させたりして、ほとんど百鬼夜行といった体《てい》たらくだ。とくに八面山《はちめんざん》はすさまじい断崖にとりかこまれ、昆虫のように、下からテクテクと登ってくる人間どもを睥睨《へいげい》しているようだった。目的地の日出生台高原は、この山岳地帯のふところにあるわけで、まだその片鱗もしめしてはいない。四十五分歩いて十五分休憩という行軍をくりかえしているが、まだ半分も来てはいなかった。

昌介は、カアル・ブッセの詩を思いだした。背嚢の中に入れてある「上田敏詩抄」にその訳が載っているが、とりだささなくとも暗記していた。

山のあなたの空遠く
「幸《さいわい》」住むと人のいう。
ああ、われひとと尋《と》めゆきて、
涙さしぐみかえりきぬ。
山のあなたになお遠く
「幸」住むと人のいう。

前面にそびえる山岳の奥に、幸福があるかどうかわからない。登ってみれば、空虚であるかも知れない。しかし、昌介は、この山の奥にある一つの証明、人間の勇気というものへの啓示を感じて、さらに、歯を食いしばった。幸福などを得ようとは思わない。意志と勇気とをふるいおこして、不幸を探りあてる場合だってある。全力を尽くして、誤謬をおかすことだってある。しかし、ぶっつかるのだ。その一途だ。青春は考えるものではなくて、行動するものではないだろうか。その乱れこそ、青春の自由ではあるまいか。かしこに聳《そび》えたつ断崖は、アーキペンコの造型した第三インターナショナル塔によく似ているではないか。あの山を征服すれば、自分の青春の道も開ける。方角も決定するのだ。この行軍が岐路だ。昌介の頭は極度の疲労のために錯乱していたかも知れない。しかし、カアル・ブッセの感傷を乗り越えようという焦躁のみは熾烈で、痩せ我慢は絶頂に達していた。まだ、肉体も精神も限界点には来ていないぞと、狂気に似た眸で、前方の奇怪な山容を睨みつけた。

「大丈夫かい」

中隊長が、かたわらに立っていた。ニコニコ顔で、いたわるように、じっと見つめている。杉井大尉はまったく馬のように剽悍で、身体も足どりも軽々としていた。腹が立つほど元気で、すこしの疲れも見せていなかった。このころになってやっと昌介は気づいたのだが、中隊長は、特別に辻候補生に気を配っているように思われた。経理検査の日、赤の本を見つけて訊問したとき以来、なにかと注目しているもののようだ。辻昌介が杉井大尉の信頼を裏切るかどうか、それは中隊長自身の問題でもあったのであろう。監視をしているのとはちがって、昌介を試しているようなところがあった。

「大丈夫であります」

と、他にいいようもなかったので、そう答えた。

「あと一息だぞ。この先で、昼食をする。元気を出しなさい。幹部候補生は半分になってしまった。第七中隊の幹候はお前を入れて十一人しか歩いておらん。頑張ってくれ」

「がんばります」

「おれといっしょに行こうか。軍歌でも歌いながら。……さあ、立て」

昌介はしかたなしに腰をあげた。豆でうずめられた足の裏が、ジンジンして飛びあがるほど痛かった。銃を肩にすると、ズキズキと疼《うず》いた。水筒の水を飲み、キャラメルを一つ頬張って、屁っぴり腰で歩きだした。

中隊長が「常陸丸《ひたちまる》」の軍歌を歌いだした。昌介もそれに和し、歌につられて歩いた。いつの間にか、周囲にいる兵隊の一団がこれにつけて大合唱になった。どよめきのように、兵隊の列は山岳への道を流れて行った。

8

昼食をした亀岡村は、山の麓の最後の部落らしかった。稲田や野菜畑が多く、みすぼらしい藁屋根の百姓家とは段ちがいに宏壮な一軒の白壁の家があった。練塀《ねりべい》にたてまわされ、松や、ヒマラヤ杉や、竹林のある大きな庭の中に、いくつも土蔵がそびえていた。このあたりの地主にちがいない。この家で湯茶の接待があるとのことだった。

ヘトヘトになっていた昌介は、まず、水車小屋の横に行って、大急ぎで装具を解き、まっ裸になった。きれいな流れのなかに入ると、なんともいえぬよい気持だった。汗でビショ濡れになっているシャツや袴下を石鹸で洗濯して干した。昌介だけではなく、何十人もの兵隊が、同じように水浴をし、洗濯をしていた。新地や河野はすでに落伍していて、幹候生中、もっとも元気のよいのは風谷栄次郎だったが、昌介は彼とはあまり話がしたくなかったので、中村豊上等兵とならんでんで、水を浴びた。中村は筑後地方で有名な「清力《せいりき》」という造り酒屋の息子だが、サッパリとした男らしい気性で、剽軽なところもあり、昌介とはいちばん気が合っていた。中村は子供のようにはしゃいで、深いところを泳ぎまわり、水中に潜ったりしながら、悦に入っていた。冷たい水に浸ると、足の豆も、疲れもたちまち治りでもしたように、爽快だった。

「やあ、みんな、河童になっとるなあ。こちとらも真似するか」

岸に、新地義親が立っていた。汽車で先に来ていたものらしい。すぐに裸になり、褌ひとつで水に入って来た。青黒く痩せた身体に、熊のように毛が深く、盲腸を手術した傷痕があった。

「一時間の命の洗濯ばい。一時になったら出発、また、死の行軍たい」

だれかがいったので、みんな笑った。

昌介は、水車小屋や、その付近に四、五軒ある農家に、農民の姿が点々と見えることに気づいていた。家はどれも掘立小屋といった方が早かった。軒は傾き、壁は破れ、中の竹がのぞいて、いたるところに穴が開いていた。その荒廃のさまがあまりにはなはだしいので、はじめは空屋《あきや》かと思ったが、すぐに、それらのどの家にも人間がいることに気づいた。住んで暮らしていることは、日常生活に必要な道具類が置いてあるのでわかった。

しかし、それらのすべては貧窮の極限を示しており、住んでいる人間たちも例外なく、みすぼらしく、やつれはてていた。襤褸《ぼろ》の箱に亡霊が押しこめられているような感じだ。水呑百姓という言葉がすぐに浮かび、昌介は息を呑む思いだった。とくに、水車小屋の番人らしい老人は、木乃伊《ミイラ》か骸骨かのように、破れ蓆《むしろ》の上に坐ったまま動かず、くぼんだ眼窩の奥の眼もドンヨリと鈍く濁っていた。病人のようでもあったが、薬瓶も見あたらず、ときどき、ふるえる手で、キザミ煙草を鉈豆煙管《なたまめぎせる》につめ、ゆるく吸っては弱弱しい煙を吐きだしているだけだった。女や子供の姿も見えたが、まるで、乞食か原始人かのようで、昌介は奇妙な錯覚にとらわれたほどである。それらの傾きかけた家の門口の柱に、ま新しい木札が打ちつけられ、「節倹」の二字が読まれた。

飯盒につめこんだ昼食は、すでに、腐りかけていた。プンと臭気が鼻をついた。お茶をかけても、ゴマ塩をふりかけても食べられそうもなかった。しかし、そのことを、昌介が矢代特務曹長にいい、飯盒の蓋をとってさしだすと、ちょっとかいでみた曹長は、

「これは、食える」

といって、サッサと行ってしまった。

とても食えないので捨てるほかはなかった。空腹では、これから先の行軍にとうてい耐えられそうもないが、どんなに努力してみても、腐った飯は咽喉を通過しない。といって、草深い農村では、飲食店も食堂もあるわけはなかった。しかし、へこたれたのは昌介だけではなかったので、応急策が講じられることになった。地主の家で、急に、炊きだしをしてくれることになったのである。このため、出発が三十分延ばされたが、意気消沈していた兵隊たちは恥も外聞もなく、万歳を唱えてよろこんだ。

「ここの地主さんは命の恩人ばい。一生恩を忘れんごと、ちゃんと、名前ば、控えとくが、よか」

淵上上等兵も、そんなことを冗談とも本気ともつかずいって、門札の名を自分の軍隊手帳に書きこんでいた。空腹のまま、山岳地帯を強行軍すれば、たおれることは眼に見えているので、命

の恩人というのは冗談とばかりはいえないかも知れなかった。

握り飯がたくさんこしらえられ、大きな箕《み》や笊《ざる》に山盛りにされて運ばれた。兵隊たちは喊声をあげてこれに飛びついた。

昌介も貪《むさぼ》り食べた。あさましいと思っても、飢えた犬が久しぶりに肉のついた骨片にありついたときのような、ガツガツした食欲を押さえきれなかった。お握りは麦のすこしも入っていない白米飯で、キラキラ光り、熱くて湯気が立っていた。副食物には、沢庵や奈良漬のほか、ニワトリをつぶしたカシワ汁がつけられ、将校や下士官連中には酒も出された。

「どうぞ、たくさん召しあがって下さい。お役に立ちまして、私も本懐です」

主人が出て来て、ニコニコ顔で、兵隊たちの間を歩いた。色の白い、恰幅《かっぷく》のよい、いかにも善良そうな老人で、彼はこの施しに大満悦のようすだった。

大きな家のどの座敷も、数奇《すき》が凝らされてあり、金ピカの豪奢な仏壇の中心には、金色の仏像が三体も安置されてあった。家も、庭も、土蔵も、調度も、衣服も、あらゆるものに相当の金がかけられていることは一目瞭然で、この家の主人が大地主で、大金持ちであることは疑いなかった。

昌介は変な気持がしてきた。ここの縁先から、さっきの水車小屋や農家が見えている。このはなはだしい貧富の差は、いかなるわけか。最近、しきりに考えられる感慨が、またも頭をもたげる。若松港の石炭仲仕のうすよごれた貧乏たらしい風体と生活、しかし、石炭資本家は豪奢をきわめた生活をしており、文字どおり金殿玉楼に住んでいる。筑豊炭田の炭坑地帯でも、坑夫は人間として最下低の暮らししかしていないが、どこに行っても、炭坑主の屋敷は城のように宏壮で、美麗だ。妾を二人も三人もたくわえ、旅先ではお大尽になって芸者遊びをしている。しかも、石炭仲仕や坑夫の労働によって、資本家の存在は支えられ、その犠牲によって富が築かれているのだった。この地主と農民との差も、同じように、地主と小作との関係であるにちがいないが、あまりに貧富の差がはなはだしすぎる。不合理だ。どこかに矛盾があり、無理があるにちがいない。若い昌介をそういう疑問に追いやったのは、素朴な印象的正義感であって、まだ、弁証法やマルキシズムの理論とはかけはなれていたけれども、搾取と利潤との関係や、資本主義機構に対する漠然とした不信感は、若々しく強い憤りをともなって芽生えつつあったといってよかった。

そうとすれば、今日の地主の法外な接待、おいしい白米の握り飯も、カシワ汁も、農民の膏血《こうけつ》を搾ったあげくのオコボレということになる。兵隊たちは単純によろこんでいるけれども、現役兵の大部分は元来が農民であり、労働者だ。自分の足を自分で食いちぎって、よろこんでいることにはならないか。そんな風に考えはじめると、昌介はにわかに握り飯やカシワ汁の味がしなくなったが、情けないことに、胃袋はしきりにその握り飯とカシワ汁とを求めているのだった。また、すでに貪り食べたものによって、活力を回復し、行軍をつづける元気も湧いている。昌介は、この矛盾と混乱とをときほぐす術を知らず、ただ、気が滅入った。そこで、自分の後ろめたさをごまかすように、

「この白米飯を、あそこの水車小屋の爺さんに食べさせてやりたいな。二日も三日も、なにも食べとらんような顔をしとる」

と、だれにいうともなくいって、あたりの兵隊たちを見まわした。

「ほんとに」と、儀保上等兵が、どこか遠いところを見る眼つきになって、

「おれたち沖縄人がたいがい貧乏たらしいけんど、あの連中、もひとつ、輪をかけとる。ここの地主の小作らしいが、……」

「すこし、差がひどすぎるね。もうすこしは、人間らしい暮らしをさせてやれそうなもんだ」

「辻君、そんなことはいわない方がいいね」

と、縁側に腰かけていた新地伍長が、皮肉な眸と語調とでいった。昨夜、列車の中で、しきりに教官にすすめていたウイスキーを、チビチビ飲んでいた。

「でも、……君はそう思わんかね」

「それは、センチメンタリズムというものだよ。貧富の差は人間の能力によって生じた自然現象だ。金持ちになる者は、概して、頭がよく、勤勉で、趣味も高尚だ。貧乏人はやはり智能が低く、怠け者が多い。僕は法律家だから、そういうことがよくわかるんだが、訴訟や裁判の実際にぶっつかると、いっそう、そのことがハッキリするよ。辻君、気をつけたまえ。君はそれでなくてさえ、中隊長から色眼鏡で見られてるんだから、そんなつまらんことをいってると、いよいよ、赤のレッテルを貼られるよ。君は、まだ若い。危険思想には近づかない方が得策だな」

新地は、まるで、説いて聞かせるような語調であったが、それが親切や厚意から出ているものでないことは、昌介にはよくわかっていた。

「出発準備」

門のところで、伝令がどなった。集合のラッパが水車小屋の付近から鳴りひびいてきた。兵隊たちはざわめきはじめたが、歩かずに、輜重隊《しちょうたい》のトラックで行く新地伍長は、落ちつきはらっていた。

ふたたび、難行軍がはじまった。坂は傾斜を増し、道はうねりくねりだした。兵隊たちの顔は人相が変わり、ものをいう者も少なくなった。機関銃隊の駄馬さえ、山道は容易でないらしく、ひどく喘ぎながら登っていた。しかし、山地にかかると、麓よりはいくらか涼しくなり、樹木の青さで救われた。雲雀《ひばり》の声が聞こえなくなり、突然、山奥で季節はずれのウグイスが鳴いたりした。そのころは、いつか、相当の高さに登っていて、ふりかえると、はるか眼下に、田畑や、部落や、谷川が見おろされた。しかし、上を見ると、なお山また山が重畳し、断崖がそそりたって、日出生台は遠かった。道は一つの山をグルグル巻きにしているので、何段にもなっており、そのずっと上の道を行く人間や馬は、小さい昆虫ほどにしか見えなかった。

「この道を上がろう」

と、矢代特務曹長がいった。トマトのような鼻はさらに赤味を増して、汗で濡れていたが、さすがに元気で、迂回している正常な道でなく、まっすぐ貫いている近道を指さしていた。

「そぎゃん道ば登ったら、みんな参ってしまいますばい」

第二班長の大沢軍曹が止めたけれども、矢代は、

「それでも、この方がうんと近いぞ。なんの、これしきの道。みんなつづけ」

そういって、もう、どんどん登りだした。

幹候生が七、八人いたので、わざとかも知れなかった。

「よし、登るぞ」

風谷栄次郎がヤケクソのようにいって、矢代のすぐ後につづいた。昌介もつづいた。恐ろしい坂道だった。歩くというより、梯子《はしご》でもよじ登るようで、うっかりすると、背嚢や銃の重荷で転げ落ちそうだった。細い径は、ときおり、灌木林や低い松林にもぐりこむ。昌介は、一足ごとに、なにくそ、なにくそ、と、心に呟きながら、這うようにして必死に登った。五、六歩行ってはへたばって、水筒の水を飲んだ。眼が霞み、頭がボウッとしてきた。現役兵の何人もから追い抜かれた。矢代特務曹長の姿はもう見わけがたいほど、高く遠くなってしまった。息苦しく、幾度となくつまずきたおれた。気分が悪くなってきた。

「足で歩くんじゃないぞ。気で歩くんじゃ」

そんなことをいいながら、大沢軍曹もぐんぐん先へ行ってしまった。

「辻さん、鉄砲を持ってあげましょう」

四日市で遅れたとき、背嚢をかついで行ってくれた初年兵の山内二等兵が傍に寄って来た。山内は大工で、節くれだった大きな手をしているが、親切で、班内でも、昌介の当番兵みたいに、なにかとやってくれていた。

「なに、大丈夫だ」

「痩せ我慢せんがよござすばい。さあ、出しなさい」

「いいんだ。いいんだ」

突然、高い頭上から、進軍ラッパが鳴りひびいた。景気つけに子供だましをやっていると感じながらも、「出て来る敵は、みなみな殺せ」と聞こえるその急調なリズムに乗って、昌介は一歩一歩を踏みだした。問題はつぎの一歩だった。しかし、つづけざまには一歩が進まず、足を引きずるようにして、半歩出してはへたばった。横にころがったり、仰向けに引っくりかえったりした。太陽の直射に眩暈《めまい》がし、しばらく歩けなかった。

「上がって来うい。……第七中隊で、まだ残っとる者があるかあー」

高い道で、中隊長がどなっている。

昌介は身体をおこし、新たに渾身の勇気をふるいたてて、また登りはじめた。全身が鉛に化したように重かった。松林で鳴いているジジーッという松虫の声が、ふいに遠くなったり近くなったりした。草を引きちぎって噛み、それを軍帽の中に入れた。また登った。夢中だった。ふっと、平坦なところに出た。視界が開けた。道だった。大勢、兵隊が休憩していた。

断崖の突端に青草の広場があり、そこで一人の兵隊が、シャツ一枚にされて看護されていた。日射病でたおれたのか、いっさいの装具をはずして、水をぶっかけている。手や足が引きつっているらしく、呻き声を立てて、七転八倒していた。のたうちまわるのを看護兵がおさえつけて人工呼吸をし、口を割って気つけ薬を飲ませた。足の裏がまっ青だった。

「よしよし、足をよく揉んでやれ。じき、なおる」

矢代特務曹長が、事もなげにいいすてて、通りすぎて行った。

落伍したのがだれなのか、昌介もグッタリとなっていて、はじめは注意する気もおこらなかったが、装具を解いてすこし休むと、いくらか余裕が出て、なお苦しんでいる兵隊を見た。風谷栄次郎だった。

杉井中隊長は、兵隊の円陣の中心にいて、しきりに雑談をしていた。あまり汗もかかず、兵営にいるときとすこしも変わらぬほど、平静で、温和だった。

「おれが士官候補生の時分には、大分連隊におったが、演習は山ばっかりだったよ。いつも山の斜面ばかり駆けまわるもんだから、足のこっち側だけが踏みかためられて、タコのようになっとる。昔から山で暴れまわったおかげで、足だけはいまでも達者だ。少々の馬には負けけんよ」

昌介はそんな中隊長が憎らしいほどだったが、やはり人間の鍛練について考えさせられた。

「そろそろ行くかね」

杉井大尉は、昌介を見ていった。

「中隊長殿、まだ、だいぶんありますか」

と、初年兵が訊いた。

「もうそう遠くはない。あの笹山の峠を越せば、廠舎が見えるはずだ。……さあ、行こう」

昌介は、みんなが立ちあがらない前に、一人で歩きだした。すこしでも先に行っておこうと思ったのだが、すぐに追い抜かれてしまった。完全軍装している幹候生の姿はほとんど見えなかった。すこし離れて中村上等兵が歩いていた。落伍した幹候生たちは、背嚢も鉄砲も初年兵に持ってもらい、シャツ一枚になって杖をついたり、草鞋《わらじ》をはいたりして、現役兵から後押しされながら、エッチラオッチラと登っていた。しかし、それらは落伍はしてもともかく自分で歩いている連中だったが、新地や河野の一党は、トラックに乗りこんで、とっくの昔に目的地に着いているのだった。

淵上上等兵は、休憩中も背嚢をおろさなかった。中隊長は軽装なので、疲れていないといっても、兵隊とはちがうけれども、淵上は杉井大尉以上に頑丈といってよかった。その強さに、昌介は恐れおののく心地だった。

こういう難行軍がなおつづき、部隊が日出生台にたどり着いたのは日没近かった。すばらしい風景だった。青草におおわれた無数の丘陵が重なりあい、果てしなくひろがって、海のようである。谷や、林や、渓流やをふくむ起伏に富んだ高原地帯のうねりが、しだいにせりあがるようにして、正面に海抜一、一三六メートルの福万山がそそり立っている。右手には、扇山、平家山、八面山、左手には、豊後富士といわれる由布岳がそびえ、まさに、山岳の一大交響楽といってよかった。

丘陵の窪地に、兵舎が立ちならんでいる。さまざまの花が咲き、小鳥の声がやかましかった。頂上の峠近く、「竜王館」という旅館があった。その二階に、白粉をつけた女たちがいて、兵隊たちを歓迎していた。街はなかったが、数軒の家があって、演習地の需要を満たしているもののようだった。

昌介は、店先にかけこんで、ラムネを飲んだ。生きかえる心地だった。こんなおいしいラムネを飲んだのは、生まれてはじめてのような気がした。三本もつづけざまに飲んで、店の娘に笑われた。ついに、来たのである。幾度かたおれかけたけれども、落伍はしなかった。絶望的になりかけたこともしばしばだったのに、ともかく、最後まで頑張りとおしたのである。六十人ほどの幹候生のうち、落伍しなかったのはわずかに九人、第七中隊では、中村豊上等兵と辻上等兵の二人、第二班では彼一人だけだった。昌介は泣きたいほどうれしかった。

自分の能力の限界点にたいする実験に成功したわけである。あまり勇壮とはいえなかったとしても、その成功は肉体と精神との両面に対して、昌介に一つの確信を植えつけた。意志と勇気とを若さの中にふるいおこして、なにをすればよいか。それは自由の翼を思いきりひろげる青春の凱歌のように、若い昌介の胸をふくらませた。その気負いかたの稚《おさな》ささえ、いまは昌介の方向づけの指標となり、啓示となる価値を持っていたのである。

「とうとう、やっつけたね」

と、杉井大尉は、心からうれしそうにいって、昌介の肩をたたいた。しかし、辻候補生の成功は、その中隊長の満悦を裏切る方向へ動いていたわけであった。どちらもよろこんだけれども、その内容はチグハグで、すでにそこに運命的な岐路が開けていたのであった。

9

日出生台高原で、二週間の演習生活をすごした。

到着した翌日は休養、ひどい雨が降った。雲と、霧と、風と、雷鳴とが鳴りひびき、稲妻がきらめいて、大高原地帯の雨景はすばらしかった。昌介は廠舎の窓からこれを眺めながら、手帳にいくつも詩や歌を書きつけた。二日目から、演習開始、千間原の防御戦、戦闘射撃、監視哨、払暁戦、夜間演習、遭遇戦、学科、その他をやりながら、またたく間に二週間が過ぎた。毎日、馬鹿げた戦争の稽古をするのにはウンザリしたけれども、風光絶佳な日出生台高原での演習は、まるでキャンプ生活をしているような楽しさを、昌介に感じさせた。しかし、あるとき、手帳に書きつけていた詩を大沢班長から見つけられ、こんな軟弱な歌をつくってはいかん、もっと勇壮な軍歌をつくれと、大眼玉を頂戴した。

それはつぎのような琴曲《きんきょく》であったが、無骨一ぺんで、軍規のかたまりのような大沢軍曹にはよくわからなかったらしく、それ以上の追及はされなかった。

兵隊なれば、兵隊はかなしきかなや。
ひねもすを、ひたぶるにいくさするすべをおさめつ。
春なれば、兵隊はかなしきかなや。
時じくに花は咲けども、花の香を聴くやはろばろ。
夜なれば、兵隊はかなしきかなや。
おもかげを夢にみつ、いやましぬわがおもいかな。
雨なれば、兵隊はかなしきかなや。
抱けるはすずろなるすさまじき銃《つつ》。
月なれば、兵隊はかなしきかなや。
しかはあれ、いまはただ銃のみにきみの香ぞして。

兵隊なれば、兵隊はかなしきかなや。

きみはなし、花はなし、いまははた夢だにあだし。

もし、この「兵隊の曲」を杉井大尉のところへ届けられたら、「とうとう、やっつけたね」という中隊長の満足にヒビが入ったばかりではなく、「第三インターナショナルの歴史的地位」と関連させられて、問題は別の展開をしたかも知れない。「なんが兵隊がかなしいか。阿呆らしか」と大沢軍曹のように、単純にいいすてて笑われるだけではすまされなかったであろう。二年兵も、初年兵も、口癖は「満期」で、消燈ラッパの音は、「新兵さんは可愛《ママ》いやねえ。また寝て泣くのかよう」と聞こえると、兵営では長い間、いい伝えられてきている。天皇制や軍国主義の本質を追究しようと考える兵隊は少ないが、軍隊が恐ろしい非人間的な世界であると、多くの者がその経験によって信じてきていた。しかし、娑婆から隔絶されたこの別世界を、昌介のように、鍛練の場と観る者もあって、巷間には、軍隊の飯を食ってこなかった奴は筋金が入っとらん、という現実的な考え方も強いのだった。しかし、いずれにしろ、長くいるところではなく、昌介も早く除隊したかった。十二月が待ち遠しかった。

二週間の演習生活の間に、二日、休養があった。廠舎で丸休みするのではなく、一日は追撃戦を兼ねて、椎屋滝《しいやたき》見物、一日は湯布院温泉に浸りに行った。

高原の湖から落下してくる滝を浴び滝壺で泳いだ。千メートルを越える山上の滝の水は冷たく、長くは浸っておられなかった。鯉や岩魚がおり、釣りをする兵隊もあった。滝壺を望む岩の上にあおむけに寝ころんでいると、風谷栄次郎がやって来て、

「辻君、君のことを新地伍長がさんざんにこきおろしていたよ」

と、いいだした。またかと思い、

「そうかね」

と、昌介は気のない返事をした。

「辻はまだほんの子供だ。大した才能もない文学青年だ。このごろ、マルキシズムに関心を持ってるようだが、センチメンタルな、観念左翼で、闘士になる迫力なんかない。それに、辻は、自分が石炭仲仕というのではなく、小頭《こがしら》の『辻組』という中間搾取階級の伜だから、労働運動をする資格もない。おまけに、あんな、アアネスト・ダウスンなんて甘ちょろい詩人に夢中になってるセンチメンタリストに、左翼運動が耐えられるはずがないよ。階級闘争は食うか食われるか、命がけの血みどろの戦いだ。笑わせるわい——そんなことをいってたよ」

「そうか」と、今度は気軽に答えられなかった。中間搾取階級の子供であるという命題は、昌介にショックをあたえた。後に、このテーマは最後まで昌介を苦しめ、その矛盾の中でのたうつ結果になったのであるが、そのときまでは深くも考えなかったのである。たしかに、まだ子供であった。敵によって本質を衝かれたわけである。味方の言葉は甘いが、敵は憎悪によって、真実を看破する。昌介もたしかに敵によって、開眼させられた。

風谷の方は、そんな昌介のおどろきなどには気づかず、さらに、声をひそめて、

「辻君、例の、あの左翼の本の件な、あれは、僕は新地伍長と、河野伍長の共謀だと睨んどるよ。いいだしは、きっと、『参謀』の方だ。あの日の朝、暗いうちに、河野君が倉庫の戸袋のあたり

をうろついとるのを見たという兵隊があるんだ」

その兵隊がだれかと、訊ねてみる気はしなかった。そんな中傷の仲間入りはしたくなかったし、似たような策動家たちの思わせぶりには、嘔吐感さえ覚えていた。どうしてこんな景色のよいところで、そんな混濁した言動をするのかと、腹立たしさよりも情けなさを感じた。しかし、じつは昌介は、中間搾取階級者という指摘の方に、なお強く揺すぶられていたので、もう、本のことなんか、だれが犯人でもかまわないような、放棄的な気分にとらわれていたのであった。

湯布院温泉は、福万山の裏手にある。第二大隊の幹候生だけ、杉井大尉に引率されて行った。軽装の遠足であったし、下り道なので疲れなかった。日出生台に登るときとちがって、遊びに行くことなので、幹候生たちも元気がよかった。女もいるらしいというので、漁色漢の河野光雄をはじめ、弾んでいた。到着してみると、盆地の田圃の中にある殺風景な温泉で、芸者も湯女《ゆな》もいなかった。

しかし、旅館の湯槽に浸ると、よい気持だった。豊後富士の由布岳がすぐ前にそびえ、稲田をわたってくる風は涼しかった。しかし、昌介はその恍惚境を、また、陰謀家によって妨げられたのである。浴槽で、二人きりになるのを待っていたように、新地義親がいいだした。

「辻君、風谷栄次郎にはかなわんな。あいつは単細胞だ。国軍の中堅幹部になるというのが、あの男の唯一にして偉大なる目的なんだよ。中隊長や教官から、優秀な小隊長候補といわれるのがうれしくて仕方がないんだ。それで、あんなにムキになって教練に熱中するんだが、日出生台行軍では伸びてしまいやがった。君の方が立派だったよ。どうも、あんな単細胞と話してると、こっちの頭が悪くなる。……辻君、犯人はあいつかも知れんぞ」

昌介は返事をしなかった。

それから一時間ほど後、二度目に入った同じ浴槽のなかで、今度は河野光雄が奇妙なことをいいだした。

「辻君、あの赤鼻の特務曹長が、君を眼の敵《かたき》にしてる理由を、君は知ってるのかい？　あいつ、君の時奴君にベタ惚れなんだよ。ラブ・レターを、もう百本も出したという話だ。だけど、時奴君が相手にしないもんだから、君へ当たってるんだよ。つまり、恋のかなわぬ意趣ばらしというやつさ。こればっかりは、いかに階級が上でも――上官ノ命令ハソノ事ノ如何ヲ問ワズ、てなわけにはいかんからな」

昌介はばかばかしくて、あやうく吹きだしかけた。矢代特務曹長が自分を眼の敵にしているとも思わなかったし、第一、トマトのような赤鼻で醜男の彼と、美人で売れっ子の時奴とをどうしても結びつけて考えることができなかった。まして、恋敵《ライバル》として復讐をしているなどという、通俗小説の筋書のような関係を想定することは、さらに阿呆らしかった。河野光雄が時奴を座敷に呼んで口説いたというから、河野の方がライバルとして意識しているのかも知れない。しかし、幼友だちとしてのつきあい以外、昌介は時奴をなるべく避けるようにしていたし、「君の時奴」といわれる理由はまだなかった。

いずれにしろ、いかなる理由からか、風谷、新地、河野の三人がかわるがわる、昌介を撹乱する。その不明瞭で、口中のねばつくような、モヤモヤしたものの不快さはやりきれなかった。一切のものは曖昧さに閉ざされていて、明快に割りきってしまえば、そこに誤謬が生じるものかも知れないが、あまりにも不明確な人間の恣意は、たしかに、罪悪の名に価すると思わざるを得なかった。

昌介はダンテ「神曲」の地獄篇を思いだす。恐ろしい地獄のうちのもっとも恐ろしい場所では、神も悪魔も相手にしない、永遠に救いのない亡者たちが、糞尿にまみれながらうごめいている。しかし、この戦慄すべき刑罰を課せられている亡霊どもは、強盗、放火、殺人のようなハッキリした罪を、男性的に犯した者ではない。オポチュニスト、日和見主義者の群れだ。陰険な、影のようなエゴイストたちである。昌介は、その、神からも、悪魔からも見放された地獄の亡者たちの中に、新地、河野、風谷、三人の戦友の顔を見る思いがした。しかし、つぎの瞬間には、昌介もふるえあがる。ふるえおののく。中間搾取階級の伜——その言葉の恐ろしさはどうであろうか。昌介は歯を食いしばる。この宿命を克服して、オポチュニスト、日和見主義者になるな。エゴイストになるな。ダンテの糞尿地獄に落ちるな。日出生台行軍で証明されたもの、意志と勇気とを、地獄のために役立てるな。それは、二十二歳の昌介にとって、けっして小さくないテーマであった。青春の道を誤らせるか、否か。戦いはいまはじまったと、昌介は身体を引きしめた。

その昌介の耳に、なおも、河野光雄のにやけた声が、意味ありげに、

「恋の恨みは恐ろしいからね。君も、気をつけた方がいいよ」

と、ささやく。

「時奴と僕はなんの関係もないよ。君でも、矢代特務曹長でも、自由にしたらいいんだ」

われにもなく、大声で、そう喚くと、青い湯を氾濫させて、昌介は浴槽から飛びだした。なにがおかしいのか、背後で、河野はゲラゲラと笑いころげた。

日出生台にいる間に、辻昌介は、さらに一つのことを考えさせられた。七月二十四日がきて、その日が一年前、芥川龍之介が自殺した一周忌であることを知ったのである。漠然と、文学とマルキシズムの間を振子のように揺れ動いていた昌介にとって、この作家の自決は大きなショックをあたえた。念願の早稲田大学に入り、文学一途に突き進んではいたが、昌介も自分の才能を反省して悲しくなるときがあった。同級生たちと同人雑誌を出し、小説や詩を発表しても、他の同人の作品の方が問題になり、昌介のは取りあげられないことがあった。自分に作家として立つ才能があるのかという疑念と設問ほど、深刻なものはなかった。そのとき、芸術的才能に恵まれ、天才とまで称せられた芥川龍之介が自殺したことは、昌介をはげしく打ちのめした。しかも、その自殺の原因は、「ぼんやりした不安」であって、人間と作家とが感じるその意味は、身ぶるいするほどそらおそろしく、深いものであった。

いま、兵隊となって、日出生台高原にいるとき、芥川龍之介の一周忌を迎えた感慨は小さくなかった。親戚でもなく、知りあいでもなく、そういう意味では赤の他人であったが、芸術を通じての人間の心のつながりにおいて、昌介にとっては、けっして他人ではなかったのである。昌介も「ぼんやりした不安」の中にいるが、同時に、「ぼんやりした希望」の中にもいる。そしていま、後者の方が、若さの特権において、比重を増しつつあるのだった。昌介は、すこしずつ、進むべき方角をたしかめながら、ともかく、自分は自殺などはすまいと思った。

10

秋風とともに、伍長の階級に進んだ。新地や河野や風谷は軍曹になっていた。しかし、この階級は一時的なものであって、十一月の終末試験の結果でないと、ほんとうの階級はもらえない。階級は「命ズ」によって生じるのだが、幹候生の階級は「進ム」であるから、ほんものではなかった。除隊のときには、曹長から軍曹に、軍曹から伍長に後もどりさせられる場合もあるわけである。

ある日、昌介は時奴から一通の手紙を受けとった。差出人は、松岡高雄と本名をもじった男名になっており、便箋に鉛筆で――「一身上の重大問題について、ぜひ相談したいことがあるので、逢って下さい。つぎの日曜日の正午、『ちぐさ』で待っています」そういう意味が、切迫した思いをこめて書かれてあった。昌介はどうしようかと当惑した。

幼友だちで、小学校や中学生時代には、ままごとのような交渉を持ったこともあるけれども、いまは一身上の重大問題を相談されるほどの関係ではなかった。入営してからひさしぶりで、二、三回会ったきりなのに、お座敷着で面会に来たりして、昌介の方は迷惑を感じていた。彼女の美しさには惹かれてはいたが、すでに手練手管に長じた花柳界の姐御《あねご》であるから、近づかないにかぎると敬遠していたのである。東京にいる鶴村佐久子と結婚するつもりでいたし、それをたしかめに、除隊して上京するまでは、他の女とこみいった交渉を持ちたくなかった。高枝に会えば、タダではすまない予感もあった。妹の菊江に、しつっこいほど、兄さんに遊びに来るよう伝えてくれと伝言したと聞いて、さらに警戒の壁を築いていた。

そこへ、時奴の手紙が来たのである。このつぎの日曜は忙しいからと断わってしまえばよいのである。ところが、昌介は、かならず行くという返事を出してしまった。自分の心がよくわからなかったが、矢代特務曹長が時奴へ、機関銃のようにラヴ・レターを発射しているという河野の話が、なにかのきっかけになったのは争えないようだった。

「ちぐさ」は東中州の噴泉浴場の近くにあった。こぢんまりした待合で、昌介はまだこういう雰囲気に馴れていなかった。その日、正確に正午一分前に、出かけて行き、軍服姿でしゃちこばって、料亭の女将《おかみ》に敬礼して笑われた。

「時奴さんは、まだ見えとりまっせんばって、さあ、どうぞ。きっと、おめかしして遅れとるとでっしょ」

心得顔の仲居に案内されて、奥まった四畳半の部屋に通された。ちゃちな庭越しに、那珂川が眺められた。たくさん浮いているボートには、兵隊たちの姿が見えた。昌介は発見されないように、障子を閉めた。前に、数回、時奴と会ったのは、東中州の「太閤園」や「千里十里《ちりとり》」などという食堂で、いっしょに、火鍋をつついたり、ウドンやスシを食べたにすぎなかった。こういうなまめいた場所で逢うのははじめてである。

「さあ、どうぞ、着換えば、なさって……」

仲居がみだれ籠に、浴衣と丹前とを入れてきた。

「いいえ、ええんです」

「ばって、それじゃあ、堅苦しかけん」

「門限がありますから……」

「でも、夜の八時まででっしょ。そんなら、ゆっくりですたい。時奴さんもそのつもりですけん」

「弱ったなあ」

「ホホホホ、弱ることがござすもんか。そげん、野暮はいわんもんですばい。軍服姿で、くつろいだ話は出来まっせん。さあ、脱いだ、脱いだ」

ほとんど強制的のように仲居は軍服を剥ぎとり、丹前を着せかけた。仕方なく昌介も着換えした。

酒肴が運ばれてきた。

「ええですよ。高ちゃんが来てからで……」

「もう見えますたい。チビチビやっておらっしゃるが、よか」

時奴が来たのは、一時近くであった。湯上がりのように上気した婀娜《あだ》っぽい顔に薄化粧をし、セルの着物に博多帯を締めているのがいかにも清楚だった。兵営に来たときのケバケバした厚化粧と、派手なお座敷着とはまるで別人のようである。

「お待ち遠さま。手紙の整理ば、しよったもんじゃけん」

キラッと金歯を光らせて、ウフッと含み笑いした時奴は飯台《ちゃぶだい》のうえに、手紙の束を置いた。

昌介は、おどろいた。

「これが、矢代さんの手紙？」

「そうたい。あんたが見たかちゅうもんじゃけん、抽匣《ひきだし》やら簞笥の底やらに突っこんどいたとば、みんな引きだしてきた。どうぞ、酒の肴《さかな》に、ごらん」

河野光雄の言葉は嘘ではなかった。昌介は、出かける約束の手紙に、照れかくしに矢代特務曹長のことを書いておいたのである。百通はなかったが、二、三十通の手紙は、どれも上質の封筒に、巻紙で書いてあり、意外にも、字も文章もうまかった。日付を見ると、昌介が入営するよりも前からで、その執心の深さが察せられた。トマトのような赤鼻を持った醜男の軍人の、綿々とした恋文が笑えなくなってきた。酒の肴にする気などもなくなった。手紙にはどれにも昌介のことは書いてないので、昌介と時奴との関係は知らないもののようである。お座敷着で面会に行き、週番士官の近藤中尉がたしなめた事件は、営所では有名なひとつ話になっているのに、矢代はそれにも気づいていないようだった。だから、河野のいう、かなわぬ恋の意趣ばらしにはならないが、昌介はこの偶然に、口中のざらつく思いがした。時奴への矢代の思いが真剣らしいのが、いっそう、耐えがたい思いだった。単なる気まぐれか浮気なら、まだ気が軽いのである。来るのではなかったと後悔した。矢代の手紙など見ない方がよかった。昌介の方がよっぽど気まぐれで、浮気だ。早く、時奴の一身上の相談というのを聞いて、そうそうに引きあげようと思った。

しかし、時奴は落ちつきはらっていて、そんな重大問題などは忘れているように、うれしそうなようすで酌をするだけだった。

外は雨になった模様である。いつか、那珂川からボートの姿が一隻も見えなくなっていて、河面に白い雨しぶきが立っていた。遠くで雷鳴が聞こえた。どこかで、三味線の音もしていた。庭の柳をゆるがせてヒイヤリとしたしめっぽい風が部屋に流れこんできた。

「一身上の重大問題て、なんだね。それを聞きに来たんだ」

「話そうかしらん？　話すまいかしらん？」

「そのことで、僕に相談があるといったのじゃなかったのかね。だから僕も来たんだよ」

「ばって、昌介さんに逢うたら、そげん話するのが、いやになったたい。恥ずかしゅうもあるし……」

「そんなら、僕は帰るよ」

「なんごと、言いよんしゃるとな。そんな話なんて、どげんでもよかくさ。もっと、ほかに、百倍も重大な問題があるとじゃけん。ま、飲みんしゃい」

「そんなら、帰る」

「昌介さん、あんた、それ、本気？」

「本気とも」

「薄情ね」

「薄情と思われてもしかたがない。帰るよ」

「帰さない」

「放せ」

「放さない」

昌介とて、曖昧な気持からの冗談半分だったので、二人は、同時に笑いだしてしまった。

しかし、急に、明るい顔に憂いを浮かべた時奴は、

「やっぱり、話すわ。あたし身請け話が持ちあがっとるとよ」

といって、その一身上の重大問題について語りはじめた。

しかし、それは格別こみいったことではなかった。博多で老舗《しにせ》の一つに数えられている大きな紙問屋「松《かねまつ》の主人が、時奴を二号として囲うために、落籍しようというだけの話だ。こういうことは、花柳界では珍しくもないありふれた習慣で、普通ならば、芸者としては玉の輿に乗るわけだから、よろこんでいいのである。逆にいえば、芸者はよい旦那を探しているといってもいいわけだから、時奴も朋輩からは羨ましがられているらしい。「松《かねまつ》の主人を狙っていた芸者たちも少なくなかったというから、時奴は勝利者でもある。それが身請けされることを渋って、昌介に相談したいといってきたのは、単に、「松《かねまつ》に対するだけの問題ではなくて、昌介がこの事件に介入させられる意味が生じているといってよかった。

つまり、昌介が時奴の愛を受け入れるかどうかによって、女は進退を決しようと考えているにちがいなかった。それは、昌介にもすぐわかった。そして、当惑した。彼は時奴と、そんなつながりを持つのは好まなかったし、なによりも、東京にいる鶴村佐久子との結婚にヒビの入るような条件はつくりたくなかった。そこで、時奴が語り終わるのを待ちかねたように、

「なにもそんなに考えることはないじゃないか。僕は立派な縁談と思うな」

とやや、邪険と自分でもわかる語調でいった。

「昌介さん、そう思う?」

「これ以上の良縁はないかも知れんよ」

「そりゃぁ、あたしたち、どうせ普通の結婚は出来んとじゃけん、お妾《めかけ》さんになるが落ちくさ。その意味では、「松《かねまつ》さんなんて、あんたのいうように、博多ではピカ一かも知れんわ。ばってん……」

策略的なながしめで見あげる時奴のなまめかしい顔を、眩しく感じながら、昌介は、ずっと昔、どこかで、これと似たような状態で、二人だけでいたことのあるのを思いだした。

中学三年生のとき、近所にいた、川崎豊子という二つ年上の女学生と、稚くはあるが思いつめた恋愛をしたことがある。結婚するといって、双方の両親を手こずらせた。そのとき、やはり、まだ女学生だった時奴の松岡高枝が、しきりに豊子との間を妨害した。中学生と女学生との恋は、子供は子供なりにさまざまの起伏があって、昌介と豊子との仲も、ときにこじれたり、間隙が生じたりした。

すると、すばやくそこへ高枝が入りこんできて、積極的に昌介の愛を求めた。豊子は清純な女性であったが、高枝は先天的に娼婦性を身につけていて、昌介が耳までまっ赤になって逃げださずにはおられないような大胆な行動を、しばしばとった。昌介とて早熟な方ではあったけれども、潔癖と恐れとで、かろうじて高枝を避け得たのである。ある夜、高枝が、父のために、芸者へ売られるようになったといって、海岸に呼びだされたとき、彼女は白砂の上で処女をささげたいといった。昌介は最後まで拒んだ。実際はもう彼女が何人も男を知っていたことは、まもなくわかった。

　彼女は映画館の三味線《しゃみせん》弾きと駆け落ちしてしまったが、それを別の男が追っかけて行って、新聞種にされた刃傷事件がおこったりしたのである。そして、高枝は行方しれずになり、川崎豊子は昌介が早稲田大学へ入った年に病死したので、自然に解決した結果になった。その高枝が、いま博多の芸者としてあらわれ、さらに別のかたちで、昌介をまた青春の岐路へ引きずりこもうとしているのである。

「あたし、昌介さんの考えひとつでは、「松《かねまつ》さんを断わるばって……」

「とんでもない。どうぞ、「松旦那《かねまつ》のところへ、いらっしゃい。それが、君の幸福だよ」

「昌介さん、あんた、よか人ができとるとね」

「そんなものは、ありまっせん」

　いつか、ひどく酔っていた。前日、油山《あぶらやま》行軍に引きつづいて、夜間防御演習、さらに、払暁近くまで遭遇戦がおこなわれた疲労が、こころよい酒の酔いとともに、いちどきに出てきた。矢つぎばやに酒の酌をしていたのも、時奴の作略であったかも知れない。また、昌介の中ぶらりんな気持にも罪があった。時奴を危険人物と考え、避けねばならぬと防壁を築いていたくせに、敵中深く入って、緊迫心を欠いていた。いや、時奴を敵と考えていたかどうかもわからない。惚れられるというのは悪い気持ではなく、低劣なうぬぼれと通俗とで、いささか、やにさがっていた。うるさいと思いながら、女の美しさに惹かれてもいた。万全を期すつもりなら、はじめから行かねばよかったのだし、中途から席を蹴って逃亡することもできた。この冒険に恐れを感じながらも、なんとなし、いい気持にもなっていたのだから、弁護する余地はないのである。舞台装置や、三味の爪びきの聞こえる情緒の魔術も、彼の神経をしびれさせていた。

那珂川の水面が、さらにはげしい雨しぶきで白く煙るのを、もう朦朧《もうろう》となった眸で見ていると、

「たいそうお疲れのごとあるけん、しばらく、横になんなざっせ」

といって、仲居が奥へかつぐようにしてつれて行った。そこへ蒲団が敷いてあった。昌介はもぐりこむと、すぐに眠ってしまった。

どれくらいたってからであったか。奇妙な身体の痛さを感じて、眼をさました。まっさきに強烈な脂粉の香が鼻をついた。時奴の白い顔がすぐ前にあった。同じ蒲団の中に入りこんでいるのだった。長襦袢《ながじゅばん》一枚になって、彼女は昌介が眼ざめたことを知ると、ニッと婀娜《あだ》っぽい笑みをたたえて、彼をしっかりと抱きしめた。顔を近づけ、唇を押しつけてきた。舌がのびだしてき、昌介はびっくりした。生まれてはじめての経験である。同時に、時奴の息と口と舌とが煙草くさいのに、ウッと嘔吐感をもよおした。しかし、彼は敗北した。官能の陶酔などは思いもよらず、なにがなんだかわからなかったにもかかわらず、昌介の童貞はそのとき終止符を打たれていた。娼婦めいた熟練工から、存分にもてあそばれ抵抗もできなかった。

しかし、つぎの瞬間、異様な戦慄が全身を走って、ガバとはね起きた。

「どげんしんしゃったと?」

「風呂に行って来る」

「あたし、病気なんかないわよ」

その不足たらしい言葉を残して、昌介は部屋を出た。仲居を見つけて、

「風呂に入りたいんですけど……」

「昼間は沸いとりまっせんばい。はよ、言いござったら、沸かしとくとじゃったばって」

「近くに、銭湯があるでしょう？」

「そら、あります」

大あわてで、教えてもらった銭湯に行った。自分ながらおかしいほど狼狽していた。五、六人しか、入っていなかった。

昌介は、はげしい悔恨にさらされながら、石鹸の泡を山のように立てて身体を洗った。時奴が何十人の男を知っているか知らない。その男たちのシミとバイキンとが、自分に乗り移ってくるようで、悪寒《おかん》を覚えた。十ぺんほども、浴槽に入ったり出たり、上がり湯や水をかぶったりした。

「兄さんは、兵隊さんだね」

と、全身に彫青《いれずみ》をほどこした、痩せた、眼の鋭い、角刈りの中年男がいて、声をかけた。

「はあ」

「いい身体をしてなさる。りっぱに、お国の役に立ちそうだ」

ジロジロ見られて、浴槽に飛びこんだ。秘密をかぎつけられたようなうしろめたい気持がした。

肉体の青春の開眼がどういうかたちで訪れるか、中学時代から胸のどきつく期待があったのに、真の愛もよろこびもない場所でおこなわれたのである。

早熟であった昌介は、性欲の悩みについては、人一倍早く、強かったかも知れない。中学時代、

自慰の習慣をおぼえ、実際に、いつ、どこで、どんな女性と最初の冒険がおこなわれるのかと、夢のようなあこがれを抱いていた。中学三年のときから、文学をやろうと決めて、小説類を読みあさると、古今東西を問わず、傑作と称せられる作品は、すべて恋愛小説であり、姦通小説であり、性欲小説であった。中学生の昌介に、大人の男女愛欲の機微がわかるはずもなかったが、ときに、両親の性生活にぶっつかることもあり、それがいつも自分の問題として還元されていた。大学に進むと、いっしょに同人雑誌をやった仲間は、みんな昌介より年上で、すでに妻帯していたり、女郎を買ったりして、童貞である者は少なかった。昌介が入営までも童貞であったのは、道心堅固であったわけではなく、青春と純潔へのセンチメンタリズムと、弱気のせいであったであろう。

それなのに、いま、思いがけず、避けていた危険な芸者から開眼させられたのである。しかも、時奴との今日の不純な関係が、これから先どういうかたちで発展するか、考えただけでも憂鬱だった。笑っていた矢代特務曹長とも、事実上の恋敵になってしまったし、「松《かねまつ》の旦那とも三角関係になる。それより、鶴村佐久子とのことが、もっとも不安だ。さらに、芸者との非弁証法的結ばれと、マルキシズムとはどういう相関関係を持つことになるであろうか。昌介は混乱し、自分を、馬鹿だ、愚劣だ、と罵った。彼は番台で、歯ブラシと歯みがき粉とを買い、歯と舌とが痛くなるほど、口中を磨いた。極端なほど生理的に煙草ぎらいの昌介は、時奴がニコチンの塊りであるかのように、やりきれぬ嫌悪感にとらわれた。

にもかかわらず、昌介は、その後も、ときどき、時奴と逢うことをやめなかった。女の方は、女学生時代以来の思いを遂げたよろこびに浸っていて、しだいに、野心を大きくしはじめたよう

である。はじめは一度だけでもという気持だったらしいのに、

「あたし、「松《かねまつ》さん、断わったわ」

といって、昌介とのより深い結合を求める気配をしめした。

それより、昌介が不思議でたまらなかったのは、彼がいくら、君から童貞を破られた、といっても、時奴がほんとうにしないことだった。二十歳すぎてまでも童貞でいる男はいないと、彼女は確信を持っていたのみならず、昌介がこれまで女を知らなかったなんて、素人は騙《だま》せても、この玄人のあたしをごまかせるもんかなどともいった。彼が口を酸っぱくして告白しようとすると、

「子供じゃあるまいし、そげんうれしがらせ、いうてもらわんでも、よかと」

といって、男の弁解が自分への愛の証明かのように、会心の笑みを洩らすのであった。

昌介は、自分の心がわからぬまま時奴とときどき逢っていたが、しだいに苦痛になってきた。いくど逢っても、時奴が好きになるということはなく、ただ開眼された肉体の疼きだけからかと考えると、自分を軽蔑したかった。夜、状袋の中で身体が燃え、時奴に逢いたくてたまらなくなるときがある。しかし、それは愛情とも精神とも無関係な下等な欲情だった。そして、逢えば、もうこれきりにしようと考える。青春というものは、もっと美しいもののはずではないか。これは、ただうすぎたなくて、泥沼のようだ。これは青春ではない。恋愛とはもっとも美しいことを考えて、もっとも汚ないことをするものである、と、なにかの本に書いてあったように思うが、恋愛がないとすれば、あるものは汚濁だけだ。

昌介は堕落したと思った。単に、浮気や遊びとして、快楽だけを求めるのとちがっている。そ

れに、昌介は、時奴の煙草好きと、ニコチン臭さとが、やりきれなくなってきた。指も爪も黄色くなっている。長煙管で、ジジーッと、ヤニの音を立てて吸うときには、身ぶるいさえ感じた。昌介は、この女とは別れた方がよいと考え、その意味でも、十二月一日の除隊の日が待ち遠しかった。

11

中隊長の杉井大尉は、奇妙な趣味を持っていた。日出生台行軍では、馬のように精悍で、すこしの疲れも見せず、昌介に憎たらしさを感じさせたほどだったが、兵営では、寛容で、ものわかりがよく、親切でもあった。そして、もっとも得意とするところは、臼井式精神療法だった。中隊長はそれを、杉井式電気療法とも呼んでいた。

軍曹になってからのあるとき、昌介は膝頭に癤《ねぶと》というフキデモノが五つほどもできて、閉口したことがあった。むろん、練兵休で、一週間以上も班内にとじこもっていた。おかげで、読書や翻訳はできたが、ときどきはげしく疼きだして七転八倒した。

矢代特務曹長は、それを見て、

「精神が弛緩《しかん》しとる証拠じゃ。現役兵にはそんな怠け病なんか出んぞ」

と、馬鹿にしたようにからかい、河野光雄にニヤニヤしながら、

「おい、君、もらって来たのとちがうか」

などと、いやなことをいった。

ある夜、消燈近くなってから、当番兵がやって来た。

「辻候補生殿、中隊長殿がお呼びであります」

「いまごろ、なにごとか知らん？」

「オデキの治療して下さるそうであります」

昌介は訝《いぶか》りながら、二階の中隊長室に行った。この部屋は、春の赤本事件以来、杉井大尉から提供されていたのだが、今夜は中隊長が週番士官として当直なので、昌介は階下の自班にいたのだった。全部下士官に進んでいた幹候生は、別班に編成されていた。

跛《びっこ》をひきひき上がって来た昌介を見て、杉井大尉は、ニコニコ顔で、

「お前が癤で弱っとると聞いたもんだから呼んだんだ。そんなフキデモノぐらい、わけはない。そのベッドに横になんなさい」

いわれるまま、寝台にあおむけに寝ころんだ。

「どこかね。出してごらん」

「右の膝頭であります。でも、汚なくありますから」

「なあに、おれは痔でもやる。遠慮はいらん。出しなさい」

昌介はズボンをまくりあげた。

「やあ、こりゃあ、根気よう、たくさんできたなあ。痛いだろう。よし、やってやる。三十分ぐらいかかるよ」

杉井大尉は、紫色に腫れあがっている膝頭の上に一枚の白紙を載せ、その上に、そっと右手を置いた。細くやわらかい手だった。

「こうやっとると、ひとりでに、膿が全部出てしまって、きれいに治るよ。おれの手から、霊気のある電流が放射するんだ。こうやって、患部に手をあてるだけで、頭痛、腹痛、痔病、神経衰弱、梅毒、淋病、なんでも治る。兵隊もだいぶん治してやったよ。お前も早く来ればよかったな。こんなにひどくならんうちに、軽快しとったよ。でも、いまからでも、ええ」

「ありがとうございます」

「どうだ。アアネスト・ダウスンの翻訳は進んどるかね」

「はあ、おかげで、もう大半、訳し終えました」

「お前は、よく、日出生台では頑張ったね。もうじき秋季演習がある。今度も頑張れよ」

「はい」

「ひとつ、士気を鼓舞するような軍歌でも作ってみんか」

「はあ」

「節をつけて、君の時奴君の三味線で歌うかね。ハッハッハッハッハ」

昌介は、返事ができなかった。

「中州検番は、元気かい?」

「さあ、このごろ、逢いませんが……」

「うちの矢代がな、もう長いこと、彼女にゾッコン参っとる。お前、知っとるか」

「存じません」

「なに、心配なことはない。ラヴ・レターを速射砲のように発射したちゅうが、いや、いままでも連続射撃やっとるちゅうが、一発も命中せんらしいわい。あのトマト面で、女に惚れる柄じゃない。お前、矢代に遠慮することはないよ。……どうだ。すこしは気持がええか」

「はあ」

手のひらを載せたまま、杉井大尉は居眠りをはじめた。膝頭に載っている中隊長の掌《たなごころ》があたたかい。そのあたたかさがオデキを焼くように熱く応え、全身に不思議な電流のようなものが伝わってくる。昌介は、感傷的な気分にとらわれた。伝わってくるのは電気ではなくて、きっと愛情というものだ。軍国主義の組織としての非人間的な軍隊の中にいる人間、その存在を昌介は尊いと思った。この中隊長にはいくら感謝しても、したりない。もし杉井大尉が厳格で、冷徹で、猜疑心が強かったならば、昌介は「第三インターナショナルの歴史的地位」によって、たしかに、憲兵隊に渡されていた。しかし、その後、なんの追及もされないばかりか、特別に愛されてもいる。面会のときに本を持って来たと、苦しまぎれに嘘をついて引きあいに出した友人原田勝之助のところにも、なんらの連絡も調査もおこなわれていない。きっと、人間の眼で人間を見きわめようと考えたのだ。昌介も中隊長を人間として見ようと考える。そして、除隊するまでは、この中隊長を裏切るまいと考えた。組織と人間と思想との連関や矛盾を真に追求するのは、兵営を出てからにしよう。昌介は、膝頭の上の掌から伝わって来る温度に向かって、なにか祈る気持になり、杉井大尉のために、膿が出てくれればよいがと願った。

消燈ラッパが鳴りだした。「新兵さんは可愛《ママ》いやねえ。また寝て泣くのかよう」と聞こえるこのリズムは、いかにももの哀しい。それまで点《とも》っていた兵舎の電燈が、一つ一つ眼をとじるように消えていった。

杉井大尉は、ふっと眼をさまして。

「眠ったね。どうだ。すこしは出たかね」

紙をとってみると、すこしの変化もあらわれていなかった。

「ほかのことを考えて眠ったもんだから、神通力があらわれなんだ。よし、今夜はもうおそい。明日の晩、また。御苦労」

「お邪魔いたしました」

翌朝、医務室に出かけた昌介は、思いきって、全部切開して膿を出してもらった。軍医が荒療治をするので、涙が出るほど痛かったけれども、夜になって、中隊長から呼ばれることを考えて我慢した。

ひどい跛をひいて、遠い医務室から帰って来た昌介を見て、陰気くさい顔つきの新地義親が嘲笑《あざわら》うようにいった。

「君は、馬鹿だねえ。中隊長がせっかく治してやるというんだから、毎晩、殊勝な顔をして出かけるもんだよ。それが、君の立場を安全にする最良の方法じゃないか。手術したりなんかしたら、中隊長へ不信を示したことになる。一種の反抗的態度だ。まったく、君は若い」

「中隊長が怒るぞ」

と、河野光雄もいった。

昌介は、その足で、中隊長室に行った。

「中隊長殿に御心配をかけますから、医務室で切開してもらいました」

「そうか。それは痛かったろう。俺の手で膿を出せば、苦痛はなかったんだが。ま、ええわ。後を大事にしなさい」

怒っている気配は感じられなかったが、いくらか残念そうなようすは見うけられた。

日出生台行軍と同様、久留米の高良台《こうらだい》で一週間、演習生活をしたり、筑後平野いっぱいにくりひろげられる秋季演習に参加したりして、いよいよ、最後の終末試験をむかえた。学科と実地の両方だったが、第二大隊配属の六十数名の幹部候補生は、必死だった。なかには、少尉に任官すると召集される度数が多いうえに責任も大きくなるので、故意に落第しようと計画していた者も数名あったけれども、大部分は任官を望んでいた。

試験のある十一月中旬には、大学出は曹長、高校、専門学校出は軍曹の階級に進んでいた。辻昌介も軍曹になっていたが、やはり、合格したいと考えていた。少尉になりたいというよりも、負けん性が強かったので、落第はしたくなかったのである。自信もあった。日出生台行軍の実験によって得た尊い教訓——人間の意志と勇気、能力の限界を超える野心と情熱、精神力、そういう成果を試験の中に生かすことによって、さらに自分を試し、たしかめてみようという気持もあった。やる以上はお座なりはいやだった。

「辻さんは立派な小隊長じゃ。辻軍曹の号令なら、おれたちも動くばって、新地や河野の腰抜け小隊長のいうことなんか、だれが聞くもんか」

と、淵上上等兵も、折り紙をつけてくれた。

十一月下旬、試験の結果が発表された。いままで、規程にしたがってすすめられた階級であったが、これではじめて、真の階級をあたえられるわけだった。幹部候補生六十六名のうち、十一名が落第していた。辻昌介もその中にふくまれていた。

「デタラメじゃのう」

と、淵上上等兵は、憤りの表情を浮かべて吐きすてた。他の現役兵たちも、腑に落ちかねるように、奇妙な顔つきをしていた。

終末試験の結果だけで採点されたものでないことは明瞭だった。小隊長としての実地の指揮などまるでとれない新地義親や、河野光雄は合格していたし、模範的な小隊長候補として、自他ともに許していた風谷栄次郎は、落第していた。国軍の中堅幹部としての資格などありそうもない連中がすべて合格、不合格者の半数の方がはるかに優秀だった。しかし、その理由はやがてわかった。やはり、思想問題であった。落第者十一名中、六名は、病身や成績不良だったが、五名は赤のレッテルを貼られていたのである。五名中の一人は除隊を待たず、憲兵隊へ引き渡された。辻昌介も、最後まで嫌疑が晴れなかったものであろうか。それとも、別の理由があったのか。しかし、落第して、軍曹から伍長へ後もどりさせられてみると、かえって、サバサバした気持でもあった。これで、除隊したら心おきなく思想運動ができるとも思った。

愁嘆をさらしたのは、風谷栄次郎だ。幹候生中、随一とうぬぼれていただけに、他人も意外であったが、本人の落胆は見てはおられないほどだった。彼は、なにかのまちがいだと、教官や中隊長へ食ってかかり、しきりに再調査を依頼したり、任官させてくれるように哀願したりした。

　しかし、いっさいは徒労だった。理由は、面会に来た友人が、当時、尖鋭な赤色学生グループであった帝大新人会のメンバーであったという、たったそれだけであった。風谷は、自分はそんなことを知らずに会ったのだと主張したけれども、もはや、いかなる弁解も運動も効を奏さなかった。早稲田大学出身の風谷は曹長まで進んでいたのに、二階級下げられて、伍長になった。

　昭和三年十二月一日、除隊解散式がおこなわれるまで、レーニンの「第三インターナショナルの歴史的地位」「階級闘争論」の犯人は、遂に、わからずじまいであったのである。

12

　疾走する列車の窓外は、なお雪で彩られていた。千代の松原も、遠賀川《おんががわ》も白い絣模様の中につつまれ、三角形の炭坑のボタ山がその中にあらわれはじめると、もう若松は近かった。工場の林立した煙突が見えてきた。

　三年ぶりで、河野光雄に会ったために、はからずも、現役時代を回想せしめられた辻昌介は、上海事変に、新地も風谷も、出征して戦死したと聞かされ、索然とした思いにとらわれた。同じ上海戦線にいたのだが、仕事と部署とがちがっていたため、彼らが来ていることも知らなかった。昌介もあやうく部下の仲仕たちとともに、すさまじい魔の河である揚子江の濁流に呑まれるところであったが、もし兵隊として召集されていたならば、確実に死んでいたかも知れなかった。もう、新地も風谷もこの世にいないとすれば、本をとりだした犯人がだれであってもよいようなものである。しかし、そういうモヤモヤした、不明瞭なものを長く引きずっている隠微な尻尾は、やはり、やりきれぬ不快感を誘い、ケロリとした顔つきで、自分の前へ腰かけている生き残りの河野光雄に向かって、

「本をベッドの下に入れて、おれを陥れたのは、貴様だろう」

と、どなりつけてやりたい衝動を、昌介はしきりに感じた。

列車は、折尾駅のホームに辷《すべ》りこんだ。

「折尾、……折尾、……筑豊線乗り換え。……お忘れ物のないようにお降りを願います」

そうアナウンスしている駅員の声に、はじめて気づいたように、河野は立ちあがり、

「あ、辻君は、ここで降りるんだったね、そのうち、ユックリ会って、昔話でもしようよ」

と、六角形の浅黒い顔に、愛想のよい笑みを浮かべて、黒革の手袋をはめた右手をさしだした。

「では、ここで」

しかたなしに、河野の手を握った昌介は、その手袋の冷たさにヒヤリとした。同時に、一瞬その黒い手袋から、上海の思い出がよみがえって、口中のざらつく思いがした。鞭を鳴らして、ならんだ苦力《クーリー》たちの顔をひっぱたいていた三井物産の関口現場主任が、これと同じ黒手袋をはめていたのである。

「きっと、訪ねて行くよ。一升下げて」

と、河野は、チョビ髭をひねりながら、下車する昌介の肩をポンとたたいた。

「いつでも来たまえ。だけど、保険の勧誘はいやだよ」

そういって、ホームに降りた昌介は、べつに注意していたわけではなかったのに、すこし離れた席にいたつれの芸者風の女が、河野の横にならんで腰かけるのを見た。T生命保険会社の出張で別府まで行くといっていたが、相かわらずの浮気旅行であることはいうまでもなかった。

雪の降っているホームに、十二、三本の日の丸の旗がちらついていた。バンザイの声がおこった。

沖仲仕たちの先頭に立っている辻安太郎は、その歓迎を受けるのが、いかにも心苦しそうに、控えめな態度で、出迎えの人たちに応えていた。

「辻さん、若松駅は大変ですばい。折尾までは、これだけしか来とらんけんど、若松は市民総出ですよ、凱旋アーチもできとるし、小学生も旗持ってならんどる。御苦労さんでした。おめでとうござんした」

そういう風にいわれればいわれるほど、当惑そうな顔つきだった。苦痛の色さえ浮かべていた。

列車は、発車した。窓から顔を出した河野が手を振っていたが、昌介は知らん顔をしていた。

一行は、階段を下って、筑豊線のホームに出た。ここの駅は、明治二十四年、鉄道開通当時のままの赤煉瓦造りである。

昌介も、父に劣らぬほど憂鬱だった。出発するときには五十人いた仲仕は、二十一人に減っている。それも、怪我人や、病人や、狂人ばかり、敗残兵の一隊と異ならない。それも、仲仕たちは酒の酔いも手伝って、痴呆的と思われるほど賑やかに、はしゃいでいる。うれしい気持はわかるけれども、昌介は首をひねらざるを得なかった。多分、若松の人たちは駅前に整列して、颯爽たる英雄を迎えるような気で、待ちかまえているにちがいない。この哀れな一隊を見たら、どんな顔をするだろうか。昌介は、気が滅入ってきた。

「昌介君」

肩をたたかれて、ふりかえった。

「これは、山下さん、どちらまで？」

「諸君の迎えに来たんだよ。昌介君、ちょっと」

目配せして、人気のないところへみちびく山下敬五郎の後につづいた。

山下は父安太郎とは古い友だちである。父よりも先に市会議員に出、現在は県会の議長をつとめている。地方政治家として終始しているが、大臣級の人物だと評する者もあった。身体はそう大きくないが、赤銅色の顔に、金魚のように大きな眼がギョロギョロしていて、態度は温和なのに、人を威圧するものがあった。

暗い赤煉瓦のガードの下で、山下敬五郎は声を潜《ひそ》めた。

「昌介君、どうする」

「なにをですか」

「君は、なにも知らんのかね」

「なんのことですか」

「ほんとうに知らんのか」

「どういうことでしょう？」

山下は、昌介が嘘をいっているのではないと気づいたらしく、さらに、声を落として、

「君の同志がみんな挙げられとるのだよ。四、五日前に、全国的な共産党検挙があったんだ。若松でも六十人以上、挙げられとる。ブタ箱には入りきれんので、道場に収容されとるということだ。上海にすぐに連絡が行っとるにちがいないから、君は帰って来んという説が有力だった。延安か、モスクワに行った、とハッキリいっていた県の特高もあったくらいだ。なんにも知らなかったのかね」

「全然、知りません」

「そうか。だけど、どうする？」

「どうするって？」

「逃げないのか」

「ここまで来て逃げるわけには行きません。それに私がいないと、仲仕たちの勘定ができません。帰ります」

「捕まるぞ」

「しかたありません」

「そんなら、ええ。あわてないようにだけしときなさい」

昌介は、はじめて、長崎港で、特高が部下の竹下清造をつかまえて、彼が若松にたしかに帰る

かと念を押していた意味を悟った。しかし、いつか、このことのあるのは覚悟していたし、いまさら、自分一人、ここから逃亡する気持はさらになかった。それよりも、これまでやってきた労働運動、思想運動へのある懐疑と動揺とが、むしろ、すすんで牢獄を求める不思議な衝動ともなっていた。もし、上海にいる間に、同志検挙の報に接したとしても、延安にも、モスクワにも逃げなかったであろう。昌介は、山下敬五郎の忠告のように、ただ、あわてまい、見苦しい行動をとるまいと思っただけであった。

若松行列車がホームに入って来た。一行が乗りこむと、すぐに発車した。雪はさらにはげしくなり、洞海湾も、帆柱山も、八幡製鉄所も、その白い幕の中に霞んだ。江川を渡ると、左手に、若松の石峰山、岩尾山、金比羅山がひらけてきた。久しぶりに見る故郷である。二十六日目だが、もう何ヵ月も何年も見ない気がした。生きては帰れなかったかも知れない故郷である。ふいに、母の顔が浮かんだ。昌介はジーンと胸にしみるものを感じたが、その故郷は自分たちを奇妙な歓迎のしかたで迎えようとしている。とくに、昌介一人はまた別の迎えられかたをするのである。心が弾むはずはなかったが、やはり、故郷のふところへ帰ったよろこびは押さえることができなかった。

仲仕たちの興奮ぶりは、さらに狂燥の度合いを増した。

「すこし静かにせんか。上海で死んだ仲間もいるんだぞ」

と、たまりかねて、昌介はどなった。

それで、いくらか、静まった。

薄暮が訪れつつあった。雪はさらに降りしきった。その中を、列車は若松駅に入った。どよめきとともに、プラット・ホームを埋めている群衆と無数の日の丸の旗とが見えた。バンザイの声がとどろきわたった。

デッキからホームに降りたとたん、昌介は、いきなり、両腕を摑まれた。私服を着た顔見知りの特高巡査が二人、両方から一人ずつ、しっかりと腕を組んでいた。しかし、顔だけはつくり笑いをして、一人が、

「やあ、お帰り、お疲れだろう」

と、いった。昌介は、むっとして、

「放して下さい。そんなことしなくたって、逃げも隠れもせんですよ」

二人は、不承不承に腕だけは放したが、両側に寄り添って、出札口から駅前に出た。

広場の中央に、大きな歓迎アーチがつくられてあった。柱は柴の葉で巻かれ、赤白の飾りテープと、飾り花が美しかった。「祝凱旋」の文字は金紙で、一字が一間四方もあった。降りやまない雪の中に、群衆は広場を埋めて立っていた。小学生が整列し、日の丸の小旗をふりながら、楽隊にあわせて軍艦マーチを歌っていた。バンザイの叫びがひっきりなしに起こった。妙に幻想的で、現実ばなれした光景のように、昌介の眼に映った。

辻安太郎を先頭に仲仕の一隊は整列した。大半が繃帯をしたり、松葉杖をついたり、仲間の肩にもたれかかったりしていた。十数個の白い遺骨箱が持たれていた。発狂している「仁王の森やん」は、仲間から両腕をつかまれていたが、人間と旗と雪との目まぐるしさに、異様に逆上して、

しきりに、わけもわからぬ言葉を絶叫しては暴れた。しかし、こういう無残な一行の姿は、かえって、群衆を感動させたようである。その犠牲の大きさは、そのまま、戦場における苦難を物語っているわけであった。泣いている者もあった。

三井物産支店長をはじめ、街の有力者たちが、こもごも歓迎と感謝の挨拶を述べた。その文句は紋切り型で、長たらしく、辻組の勲功をたたえ、その愛国至誠の精神に脱帽するといったものであった。そして、バンザイはかぎりもなく、くりかえされた。

求められて、辻安太郎が答辞を述べた。凱旋将軍であるはずなのに肩をすぼめて頭をたれ、言葉は少なくて低かった。ただ、

「すみませんでした。ありがとうございました」

と、いっただけである。

「では、これから、みなさんを歓迎会場へ御案内いたします」

三井物産社員のその挨拶が閉会の辞がわりになって、群衆は解散した。公会堂に晩餐会の準備がしてあるとのことだった。

「君は、こっちだ」

終始、昌介の背後に控えていた二人の特高が、また、両方から腕をとった。警察署は駅の正面の高見にあった。昌介は、無言のまま、万目衆視の中を、警察署へ引かれて行った。人々はけげんの面持で、それを見ていた。辻安太郎も見ていたが、なにもいわなかった。息子のことについては、山下敬五郎から折尾駅で聞かされていた。仲仕たちだけが騒ぎたてた。しかし、安太郎が

これを制し、日の丸を持って先導する三井物産社員の後につづいて、沈着に、部下たちを、公会堂の歓迎会場へみちびいて行った。

街には、もう燈が点《つ》いていた。日が暮れても、雪はやまなかった。

「君は、ほんとに、なんにも知らなかったのかね？　テッキリ、十九路軍に投じたか、モスクワかだと睨んどったんだが、……」

「このごろは、連絡網もズタズタになって、昔のようなわけには行かんとみえるねえ。ま、気の毒だけれども、仕方がねえやな。君とは仲よしだが、役目はつらいよ」

「みなさんがお待ちかねだ。君がおらんことにゃ、調べのつかんことがあるもんでな」

「おう寒《さぶ》。役目も楽じゃねえ」

「早くストーブにあたって、ウドンでも食べるとするか」

なにをいっても、昌介が返事をしないので、両方から腕をとっている二人の特高は、おたがいでそんなことをいいあいながら、小面憎げに、昌介を横眼で睨んだ。

ゆるい傾斜の石甃《いしだたみ》が、二度屈折しながら、警察署の正門までつづいている。軒高く、金色の署章が光っている。近く改築されるらしいが、この明治建築の名残りである古めかしい警察署は、いかにも権力を象徴している冷ややかさがあった。この門をくぐれば、さらに留置場から牢獄へ、道がまっすぐにつながっていることは明白だった。昌介が書記長をしている若松港沖仲仕労働組合が、共産党麾下《きか》の全協（日本労働組合全国協議会）と関係があったことがわかれば、治安維持法にひっかかる。前年の春から夏にかけての争議の後、洞海湾はじまって以来の沖仲仕ゼネ・ストを敢行したときから、官憲の眼は光っていた。

しかし、青春の全情熱を傾けてやったことに対しては、責任を負わなければならないし、その全行動への反省もなされなければならない。昌介はその審判を、警察や、特高や、裁判所からやってもらう気はなかった。国家や法律とは無関係な魂の場所で処理したかった。とにかく、自分で考え、自分で選んで来た道だ。福岡二十四連隊の兵営の中で、赤として伍長に後もどりさせられたとき、迷っていた岐路から、新しい方角へ向かって出発するフンギリがついたのである。そして、除隊後、左翼運動に没頭した後、さまざまの心の傷を抱いて、上海事変に出かけたわけであるが、いま、その輝かしいともいえる凱旋の現場から、逮捕されてみると、ここにもまた新しい方向への進路が開けた思いもする。

進んで牢獄を求める心になったのは、そこをふたたび分岐点として、どっちかへ踏みだして行くキッカケをつくる意味を漠然と感じたからであった。矛盾と混乱との中で彷徨したはてに、一つの道を発見しても、それが生涯を決するものとなるかどうかはわからない。しかし、全情熱をたぎらし、全精神を傾けて、誤謬をおかしたとしても、それは青春の罪とはならないのではあるまいか。

辻昌介は、横柄でいやらしい二人の特高から引ったてられて行きながら、悔恨も恐怖もなかった。むしろ、奇妙な勇気に溢れていた。

黄昏の空から、なお、雪は降り落ちていた。それが顔にあたり、襟首に入ってヒヤリとする。昌介はその雪の感触から、自然に、一つの遠い思い出につれもどされた。

除隊した翌年の正月、彼ははじめて辻組の半纏《はんてん》を着て、現場に出た。特別荷役がないかぎり、元日と二日は休みで、三日が出初式になっていた。大学生のまま入隊して、軍服を着、十二月一日除隊した後も、昌介はまだ一度も沖仲仕の象徴である印半纏を身につけたことがなかった。父も母もそれを望んでいたにもかかわらず、強請はしなかった。出初式の朝、昌介の方からいいだしたのである。

「ハッピがあったら、出して。お父さんといっしょに、浜に出るから」

と、母にいった。

松江は、すぐにはわかりかねたらしく、

「ハッピって、お前が着るとな?」

「はあ」

意外ではあったが、この日を願っていた母は、イソイソと弾むようすで、簞笥の抽匣から一枚の新しい半纏をとり出してきた。襟に、両方とも、家紋の「丸に橘」が染められ、その下に、辻組、背には、一杯に丸の中に安、裾には三本、縹色《はなだいろ》の波形の大模様があった。昌介のために、ちゃんと母が縫っておいたものらしかった。

「さあ、お母さんが着せてあげるよ」

後ろに回った母が、袖を通した。

「よう似あうこと」

母は、もう涙顔だった。

大学生の服とも、兵隊の服ともちがっていた。昌介は、紺のにおいのするゴワゴワしたその半纏につつまれて、いま、はじめて、自分が仲仕の子であったと自覚し、半纏が労働運動へ飛びこむための旗印のように感じた。鏡の前に立って、母とは別な意味で、案外よく似あうと思い、ニヤニヤした。

「立派な一人前の小頭じゃ」

いつ来たのか、安太郎も満足げにいって、ほれぼれする眸で、息子を見た。父の眼にも涙が光っていた。

石炭仲仕の子供のくせに、文学をやりたいなどといいだし、むりやり、逃げだすように、早稲田大学へ入った息子が、いま、自分たちの膝下へもどってきたというよろこびは大きかったにちがいない。昌介の方からすすんで半纏を着たことは、さらに両親を満足させた。封建的な家族制度の中では、長男が家業を継ぐのは義務であり、常識でもあったのだ。父母の眼には、印半纏が息子をつなぎとめる巨大な鎖に見えたかも知れない。息子がどんな危険な思想をいだいて、これからどんな物騒なことをしようと考えているか、もとより、単純な安太郎や松江にわかろうはずはなかった。

母は神棚に燈明をあげて、柏手《かしわで》を打った。父も母も信心深く、神社にも寺にも参詣や寄進を欠かさないでいたが、その日の合掌は、息子を奪還し得た感謝の表現であったにちがいない。とくに念入りで、思いがこもっていた。神棚には、正月のシメカザリやモチが飾られ、天照皇太神宮をはじめ、宮地岳神社、蛭子《ひるこ》神社、氏神である白山神社などの護符が、林立していた。その右手には、天皇皇后両陛下の額がかかっており、母はそちらに向かっても合掌した。それから神棚からお神酒《みき》の入った徳利をおろして、うやうやしく、昌介の盃にさした。昌介は黙ってそれを飲んだ。母は父にも飲ませ、なにかの固めの印でもあろうかのように、ものものしく緊張していた。その間にも、朱入り半纏姿の凛々しい息子の姿を幾度となく眺めながら、なにか、うなずいては鼻をすすりあげた。このつぎはよい嫁をとってやらねばと考えて、あれこれと候補者の顔ぶれなどを思い浮かべていたのかも知れない。

「さ、出かけよう」

と、父にうながされて、玄関を出た。

雪が降っていた。顔に冷たく降りかかり、襟元にしみた。

昌介の後ろ姿をいつまでも見送っていた松江は、見えなくなると、畳の上にうち俯してしばらく泣いていた。あんなに文学にのぼせていたのに、よくあきらめてくれた、親孝行な子だ、しかし、あの子のつらい気持を考えると、いじらしくて見ておられないと、だれかれをつかまえては述懐した。

印半纏を着て、石炭荷役の現場へ出かけたとき、昌介は一つの思想に向かって出発したのであった。その思想は胸のときめくような巨大な理想であり、若い昌介の正義感を満足させる一種のヒロイズムに裏づけられていた。センチメンタリズムやロマンチシズムもまじっていたかも知れない。

弁証法やマルキシズムを基調とした血みどろな階級闘争の理論や実践は、まだ、彼の前に現実感をともなってあらわれてはいなかった。ただ、文学になお未練を残しながらも、労働運動を第一義の道と考え、文学を捨てようという決意だけは生まれていた。むろん、プロレタリア文学はある。しかし、それは無産階級解放のための手段としてあるのであって、戦略的にも、政治戦線以外に、とくに芸術戦線なるものはあり得ないという考えかたに傾いていた。そうして、とにかく、労働者の中に入り、労働者とともに暮らし、労働者とともに戦い、資本主義を倒してプロレタリア革命を達成しなくてはならないと、目ざす窮極だけは明白だった。

その、昌介が、はじめて印半纏を着て現場に出た出発の日に、すでに、いま、同じ印半纏を着たまま、牢獄へ引かれて行く今日が予定されていたわけである。しかし、牢獄が終点であるか、起点であるか、それはまた別の問題だ。

雪の冷たさに濡れながら引かれて行く昌介の脳裡を、しきりに、今昔の思い出が去来する。しかし、少なくとも、彼は恐怖や絶望やからは遠ざかっていたし、青春の破滅を考えてもいなかった。たとえ、これから、どんな残虐な弾圧を加えられるとしても。

13

伍長への逆もどりとともに、昌介を新生活のスタートへハッキリと立たせたのは、早稲田大学の中途退学だった。父に休学届を出してくれるよう依頼してあったのに、彼の知らぬ間に、退学の手続きがとられていた。父からペテンにかけられたわけであったが、昌介は苦笑して、それを咎《とが》めようとはしなかった。文学を捨てれば、学校生活も無意味であったし、卒業すればもらえる学士号も必要ではなかった。ただ、友人たちに別れる寂しさがあったけれども、そんな感傷は意義ぶかい新生活を阻止するなんらの障害ともならなかった。昌介は、唐突に、すこぶる勇ましくなっていた。

昭和四年一月三日、はじめて印半纏をまとって出た雪の日を、昌介は、日記に「記念の日」と書いた。その日は、曾木加津子を知った恋愛の記念日でもあったことが後になって知られたが、そのときは、ただ、思想と革命との記念日としてしか自覚されていなかった。青春の二重の記念日であったことに気づいたのは、ずっと後である。

辻昌介は、さらに、自分の覚悟と生活とを明確にするために、身辺にあるいっさいの文学の残滓を整理することにした。まず学校時代からずっと愛惜の念を抱いて、兵営のさ中でも翻訳しつづけてきたアアネスト・ダウスンと訣別した。アアサア・シモンズの長い序文や、詩劇「ある夜のピエロ」などをふくめて、ほとんど全訳していた詩集の訳稿ノートと、原書とに、他の三冊の英詩訳ノートを加え、書留郵便にして、東京にいる友人山中清三郎に送った。ロシア文学を専攻していた山中とは、もっとも親しくしていた。山中が恋愛の後、学生結婚をして新妻と阿佐ヶ谷に新居をかまえたとき、昌介もその近くに一軒の家を借りて、兄弟のように往来したことがある。昌介が学生のくせに、一戸をかまえたのは、鶴村佐久子と同棲しようというひそかな計画があったのであるが、それはいろいろな事情から実現しなかった。しかし、山中清三郎は、昌介が九州に帰ってからも、もっとも昌介のことを心配していてくれたので、彼はまっさきに、親友に爆弾宣言をぶっつけたのである。昌介は、簡単な手紙を書いた。

「僕は、今後、一切、芸術を廃業することにした。ついては、別便で、ダウスンの訳稿その他を送ったので、なにかの君の役に立ててくれたまえ。君が勉強して、文壇に名を成す日を祈る」

思想運動をするためとは書かなかった。他の数人の文学の仲間にも、芸術廃業宣言の通知を出した。だれもがおどろいたが、長男である昌介が、親孝行のため、文学を捨てたのだ、という解釈は一致していた。山中清三郎は、文面から涙の感じられるような返事をよこしたが、その中に、「君がたとえ一時は北九州の親分になる決心をしたとしても、絶対に、君に文学が捨てられるはずはない。いつか、きっと、君が文学に還る日のあることを僕は信じ、待っている」と、書いてあった。若松の街のおでん屋で、泥酔した夜、昌介は、割箸に醤油をつけて、映画の宣伝ビラの裏に、「げいじつ、くそくらえ。げいじつより、たいせつなもののあるのを知らんか」と、なぐり書きして、その場から、山中へ郵送した。封筒には切手を貼らず、その個所へ正方形を書き、同じく醤油で「切手先払」と書いた。

つぎには蔵書を一冊のこらず売り払った。学資として送ってもらう金はもちろん、あらゆる工面をして、昌介は文学書を買い集めていた。稀覯本《きこうぼん》もたくさんあった。当時、つぎつぎに発刊された第一書房の豪華版、「月下の一群」「空しき花束」「リルケ詩鈔」その他の詩集はもとより、ゲオルグ・ブランデスの「十九世紀文学思潮」の原書や、アンドレ・ロオトの挿絵が入った美しいジャン・コクトオの限定大型版詩集「寄港地《エスカル》」などもあり、数千冊の蔵書が貨車便で若松の家へ送られて来たときには、近所の人たちが、「大学生ちゅうもんは、こんなにぎょうさん、本がいるとじゃろか」とおどろいていたくらいだった。めずらしい初版本も多く、一冊一冊に思い出と愛着とがあった。当時、昌介の文学の偶像であった佐藤春夫の著書は、天佑社版「病める薔薇」をはじめとして、一冊のこらず揃っていた。しかし、昌介は、果敢に、その全部を、街の古本屋に二束三文で払い下げてしまったのである。じつをいうと、飲み代に窮したことも手伝っていたのだが、それだけならば、金策の方法は、ほかにいくらもあったのであった。

辻家は、大きな二階家だった。辻組が膨張するにしたがい、つぎつぎに建て増しをしていったので、いささかツギハギの観はまぬがれなかったけれども、作業種別に一号、二号、三号と称して、百人近い子分がいたので、ときに、全部が集まって会合や宴会を開くだけの広さはあった。入口には、「辻組事務所」の看板がかけられ、玄関の右側が電話のある帳場、左手が台所になっていた。夜業や遠出の荷役のため、百人以上の弁当を炊くことがあり、三升釜、五升釜がならんでいた。軒には、辻組と入った数十個の弓張提灯がかけられ、真正面の柱に、一個の八角時計があった。これは、辻組創業の明治三十九年に、記念として買われた時計で、その年に、昌介は生まれたのである。その時計の右手に二階への階段があり、登りつめた踊場につづいて、三畳のせまい昌介の書斎があった。そこに、壁いっぱいにはめこまれた本棚があったが、二階の他の二つの部屋にもビッシリと書籍は置かれてあった。

ある日、一台の馬車が、辻組の表に着いた。「コオロギ堂」という古本屋が本を取りに来たのであった。主人は色の青い、背のひょろ高い男で、よくいっしょに球を憧いたことがあり、昌介は前から知っていた。本を売る取引も、ビリヤードでおこなわれたのである。すでに、二、三度やって来て、売価も定められ、その半金は受けとっていた。銭は右から左に飲み代に払われた。「コオロギ堂」はつれて来た三人の小僧を指揮して、二階から、本を運びはじめた。いちいち階段を登り降りするのは手間がかかるので、主人と一人が二階にあがり、馬車と二階の欄干とにかけた梯子の中央に一人が立ち、大番頭らしい男が馬車の上にいて、二階から天狗とりで降ろす本を受けとった。

妹房子が血相変えて、昌介の肩をつかんだ。

「兄さん、あんた、どうしたの？　この本、売ってしまうの？」

「うん」

「みんな？」

「うん」

「そんな無茶な。あんなに大事にしとったのに。やめて、やめて。お金いるなら、あたし、なんとかするから……」

「ええんだ、ええんだ。いらんから、売るんだ。心配すんな」

「兄さん、そんなにまでして……」

房子は顔を掩って、はげしく泣きだした。妹も、兄が親孝行のため、辻組の跡を継ぐ悲しい決心をしたと信じきっており、文学への未練を絶つため、文学書を身辺から放逐するものと考えていた。彼女は昌介の文学への熱愛をよく知っていたので、もし兄が東京へ行ったら、自分が養子をして、辻組の跡を継ぐ気持でいた。両親の反対にあって、苦しんでいる兄を見て、家出をすめたこともある。それだけに、兄がいま、心にも染まぬ仲仕の親分になりきるため、あんなにも愛蔵していた文学書を売り払う心情を察して、たまらなくなったのであった。

「珍本がありますなあ。こりゃあ一仕事じゃ。近来、こんな目におうたことははじめてです」

「コオロギ堂」はホクホクものである。昌介は面倒くさいので、大ザッパに値段をきめた。元来、あまり金銭のことをとやかくいうのはきらいであったうえに、計数の観念はサッパリなかった。中学時代には数学の教師から、君は低能じゃないのかと、しばしば罵倒されたほどだ。そこで、みすみす大損とわかっていながら、狡《ずる》い「コオロギ堂」のいい値どおりに手を打ったのである。後になって、他の古本屋から、「コオロギ堂」の儲けが莫大であったことを知らされ、どうして自分たちにも知らせてくれなかったのかと恨まれたりしたが、もう、そんなことはどうでもよかった。一日も、一刻も早く、文学書が身辺から姿を消すことが望ましかったのである。なんといっても、なお未練は残っていたし、一種ヤケクソの観もあった。

しかし、この英断によって、自分の意志と勇気とを確認するあるよろこびは、日出生台行軍のときの決意に共通したものがあった。一冊の本でも惜しがっていたのに、全部を捨て去る。この狂気に似た放棄でも、転換の意志の堅さによって断行し得るのだ。どんなことだって、やろうと思えば、自分にはできるぞ。そのよろこびの方が寂寥よりもはるかに大きかった。文学の青春が去って、思想の青春が来る。自分はなにものも失っていないばかりか、さらに、豊かなものを受け入れたのだ。昌介はそう強く割りきることによって、どんどん書籍が減っていくのを、一種傲然《ごうぜん》とした眸で眺めていた。

「いったい、辻の坊ちゃんにはどうしたんじゃ。本を売らにゃならんほど、金がないわけはないのに……」

「どこかの図書館か学校に寄付するんじゃないか」

「そうじゃない。飲み代じゃやげな」

「女《おなご》でもできたとじゃろ」

集まった見物《ママ》たちは、勝手な想像をしてはささやきあい、笑いあっていた。

安太郎も松江もいなかった。わざと両親の留守をねらって、古本屋を呼んだのである。「ゴロヤン」と呼ばれているツンボの下男と、「パパン」の愛称で子供たちから親しまれている老婆と、漁師の娘で、気のきかない女中とが、ただ、オロオロしていた。

夕方になって、大師講から帰って来た両親は、ガランと空っぽになった二階の本棚を見て、しばらく茫然となっていた。房子から事情を聞くと、二人とも、異口同音に、可哀そうにと呟いたが、松江は、

「あの子は、無口でおとなしいけんど、なにをやりだすかわからんところがある」

といって、なにか不安の面持を浮かべた。

「なんでもええ。俺の跡を継ぐ気になったことじゃから、少々のことには、なんにもいわんで、勝手にさせとくがええ」

「このごろはすこし、酒がすぎるようにあるけんど……」

「酒ぐらい、なんぼ飲んでもええよ。ただ、女のことは面倒くさいけ、あれが飲みに行く料理

屋の仲居には、ようういうといだ。同じ芸者をあんまり呼ばんで、行くたびに変えてくれちゅうて。どうせ、請負師なんて道楽商売じゃけ、四角四面にゃ行かんけんど、あれには相当のところから、ええ嫁をとってやらにゃいけんけ、芸者の馴染みでもできるとうるさい。そのほかのことは、ま、しばらく、そっとしといて、干渉せんがええ」

安太郎も松江も、昌介が真に目ざしている危険な方向への懸念はまるで持っていなかった。二人が帰って来たときには、もう、昌介はどこかへ飲みに出ていたので、それをたしかめる気も、咎める気もなかった。昌介は、早稲田大学の仲間たちとは、文学上の縁を切った形にはなったが、あるとき、友人から求められて、「東方詩派」という詩の同人雑誌に、一篇の詩を発表した。アアネスト・ダウスンに傾倒し、「青狐」や「兵隊の曲」のような抒情詩ばかり書いていた昌介が「東方詩派」へ送った詩「山上軍艦」は、友人たちをおどろかせた。

恐しき風吹き、恐しき雨降り、恐しき嵐は過ぎたり。
われは家をば喪《うしな》いて、ひとつの流竄《りゅうざん》のこころをば得たり。
われは乞食《こつじき》のごとく、得たるものを腕《かいな》に抱き、この街道に彷徨《さまよ》い来れば、
彼処《かしこ》なる山上にふとも見し一隻の黒き軍艦。
そは囂々《ごうごう》とすさまじき機関の音立て、大いなる推進機《スクリユウ》を廻す。
そが鋼鉄の舷側《ふなべり》に空気はサイレンの如く砕け、鳴り、
白き一条の探照燈は無限の宇宙をば照したり。
見よ、檣台《しょうだい》の上に数十の機関銃は傲岸の銃口をひらき、

甲板にならびたる大砲はそが豪宕《ごうとう》の砲門をそろえたり。
ああ、われはかの山上の軍艦に勇しき航海を感ず。
船房におかれたる正確なる一個の羅針盤を感ず。
宏大なる美しき海図を感ず。
そが上にまっすぐに引かれたる色赤き一本の線を感ず。
つねに徜徉（しょうけい）の指紋を感ず。
把手《ハンドル》を握れる巌石のごとき手と、樹幹のごとき指とを感ず。
叢生せる永劫《えいごう》の縁地衣《こけ》を感ず。
大いなる力を感ず。
また、船房にかかれる一個の鳥籠に一羽の鸚鵡《おうむ》を感ず。
そがくりかえす唯一の言葉を感ず。
船尾にへんぽんと翻《ひるがえ》る一本の旗を感ず。
吸引されたる動かざる鋭き眼を感ず。
すさまじき凝視を感ず。
潑剌《はつらつ》たる鼓動を感ず。

ああ、見よ、

かの山上の軍艦は驀地《まっしぐら》に進行す。

若松の市街地は、前を洞海湾、背後を高塔山《たかとうやま》に挾まれていて、前後に発展する余地がない。そこで、玄海灘、響灘に向いている北方海面を、八幡製鉄所の鉱滓《こうし》によって、どんどん埋め立てている。辻家のある正保寺町は、高塔山の麓にあって、二階の真正面に、この山を望むことができる。海抜百メートルあまりしかない高塔山には、昔、大庭隠岐守種景の居城があったといわれているが、いまはその痕跡もない。背に河童封じの釘を打たれた古い石地蔵があり、頂上はその小さな堂宇《どうう》をかこんで、鬱蒼たる松林である。岩尾山、石峰山と低い山がつづいているが、ほとんど樹木がなく、高塔山の密生した松林は、どこからでも望まれる。航海者は遠くから目標にする。夜でもよく見える。

ある月明の夜、酔眼で高塔山を仰いだ昌介は、そこに、山上に乗りあげた一隻の真っ黒な軍艦を見たのであった。巡洋艦か、戦艦か、航空母艦かのように、堂々としていた。その幻想から、この詩が生まれたのである。しかし、歌われているものは、いまや、まっしぐらに新しい青春航路へ突進しようとしている昌介の意気ごみを示しているといってよかった。誇張された表現が、すこしも不似合いでないような、心の弾みがそのときあった。それこそ、辻昌介の愚直さであったろうが、ダウスンと訣別し、文学書を放逐した昌介が、進むべく定めた道に対する期待は、けっして小さいものではなかったのである。

「東方詩派」の同人たちは、昌介の変貌に面くらったらしく、一人の仲間は、

「軍隊生活をしていたせいか、ひどくミリタリズムのにおいがするようになったたな」

などと、いってきた。

空っぽになった本棚に、みるみるうちに、新しい種類の本がならびはじめた。以前の本棚には、金泥や天金の豪華本がたくさんあって美しかったが、入れかわりに入ってきた書物は、どれも装釘が粗末で、仮綴本が多かった。カバーが真っ赤な本もあった。三・一五、四・一六とつづいたあとなので、左翼運動に対する弾圧ははげしくなる一方であり、どの本の頁をめくっても、例外なく、（何行削除）……、×××、○○○、□□□などと、奇妙な伏字活字がならんでいて、まったく意味のとれない個所すらあった。

「東方詩派」の仲間が、また、詩を書かないかといってきたとき、昌介は「妖怪」という題で、つぎのように書いて送った。


××××、○○○、……
○○、□□□□□、××、○○○○、
△△△、○○、……、×××
×××××、○○○、……
□×○△……

マルクス・エンゲルスの「共産党宣言」の冒頭の文句——「一つの妖怪がヨーロッパを徘徊する。共産主義の妖怪が……」から思いついた冗談であった。しかし、それはやはり、なにかの宣言の意味を帯びていて、東京の仲間たちは、ようやく、辻昌介は左傾したらしいと噂しはじめたようであった。その符号詩は掲載されなかった。

父母や、妹房子は、本棚の内容の変化に気がついても、なにもいわなかった。

ある日、福岡の筑紫女学院にいる妹の菊江が帰省してきたとき、書物の激変におどろいた顔をしたが、すぐそのあとで、声をひそめ、

「兄さん、よっぽど上手にやらんとダメよ」

といった。

昌介は息をのんで、菊江の顔を見た。直感的に、妹の思想の方向を感じとったからである。まさか、妹が先に赤化していようとは思わなかった。マルキストの恋人でもできたのか。しかし、妹はそれきりで、話題を転じてしまい、真実はつかめなかった。彼女は、また、時奴のことをいった。

「高ちゃんと兄さん、変なことになったのね。どうもおかしいと思うとったわ。でも、兄さん、あたし、高ちゃんと仲ようすることは賛成せんわ。あのひと、すごいわよ。早く手を切った方がいいわ」

「おれも、そのつもりでおるんだ」

「こないだ会ったら、うれしそうにしてニヤニヤして——昌介さんと絶対離れん。都合じゃあ夫婦になる、なんて、いうとったわ。兄さん、高ちゃんと結婚する約束したって、ほんとう？」

「そんな、馬鹿な」

「危ない、危ない」

昌介は、上京の機会を狙っていた。早く鶴村佐久子に逢い、懸案の結婚問題を解決したかった。

14

大形《おおぎょう》に、勇ましい出発をしたにもかかわらず、昌介の意気ごんで待った方向も成果も、いっこうに実を結ばなかった。昭和六年に入って、三菱炭積機建設問題がおこり、これに反対して、三月五日、若松港沖仲仕労働組合が結成発会式を挙げるまでは、なんとも知れぬ、アヤフヤで、中ぶらりんな時期がつづいたのである。それは、昌介にも罪があるが、若松という土地柄と、仲仕という一種異様な労働者階級と、新しい仲間となった友人たちの連関が、革命的イデオロギーのようなものをてんで受けつけず、意識の高さも低さもない、沙漠か泥沼のような状態であったからであった。

昌介は、毎日、半纏姿で仕事場に出た。弁財天浜と呼ばれる港の海岸に、辻組詰所があった。三坪ほどの狭さで、裏に道具小屋がつづいていた。荷役に必要な一トン入りの大籠、焚料《バンカー》荷役用の小さな丸籠、スコップ、雁爪《がんづめ》、ロープ、チェーン、その他が雑然と入れられ、どれにも石炭の粉や煤がついていた。

岸壁には各組の多くの伝馬船《てんません》がつながれ、その中に、辻組の数隻もまじっていた。仕事のある日は、仲仕たちは自組の伝馬船に乗って、荷役をする汽船に向かって漕ぎだして行く。昌介もよくいっしょに行き、これまで知らなかった石炭荷役の状況や内容について勉強し、習熟することに努めた。それは文学書を読んで考えたり、机の上に原稿用紙をひろげて苦吟したりする上品な創作の方法とは全然うらはらの、ただ、肉体の動きだけによっておこなわれる荒荒しい作業であった。白い手は拒否され、黒い手の力が能率をあげる。

そして、それはかなりの重労働で、危険はきわまりなかった。短い期間に、昌介は自組をはじめとして、現場における犠牲者をたくさん見た。ウインチによって一トン入りの大籠を巻き揚げるのだが、そのワイヤかロープかが切れることが、もっとも大きな被害をもたらした。下敷きになれば潰れて即死するし、手足を折られても不具者になる。数千トンの汽船の深い「ダンブロ」(ハッチの底)に落ちる者もあれば艀《はしけ》から汽船の舷側にかけた歩板《あゆみ》から、海中へ転落する者もあった。泳げれば助かるが、溺死者も少なくなかった。昌介もあやうく大籠の下敷きになりそうになって、海に飛びこみ、やっと命拾いしたことがあった。

「若オヤジ、あんまり本船に来なさんな。現場にチョロチョロしとって、もし怪我でも出来たら、大オヤジにすまんことになるけ、現場はわたしたちに委せといて下さい」

助役《ボーシン》の佐々木藤助や、小方《こかた》たちからも、よく、そういわれた。

自分でスコップや雁爪を握って、石炭の中に入り、仕事をしてみたが、それは、しょせんは、まねごとにすぎなかった。疲れたり、汗をかいたりしたところで、その労働によって賃銀が得られるわけでもなく、昌介の白い手は、いつまでも黒くはならなかった。しかし、ゴツゴツと節くれだった仲仕たちは、その過激な労働にもかかわらず、賃銀は安く、ほとんど最下等のその日暮らし生活といってよかった。昌介は、石炭産業を形成している資本と労働との複雑な関係、組織の内容などがすこしずつわかってきた。それは近代精神とははるかに遠い、奇怪な関係によって支えられ、人間の尊厳を拒否しているものの存在が支配的であるように思われた。

汽船の入港、出港の時間に定まりがないので、荷役の時間も不同である。数日間、仕事がなくアブれることもあれば、一日にいちどきにドッと来ることもある。荷役を終わり、疲れて沖から帰って来た仲仕たちは、海岸近くにある居酒屋で、冷酒をひっかけるのが、なにより楽しみらしかった。「角打《かくうち》」と称し、樽の口から一合枡にいっぱい満たし、枡の角から息もつかずにひと息に飲み干す。

「これがおれたちの天国じゃ。この一杯のために生きとるようなもんじゃ」

石炭でまっ黒になった沖仲仕たちは、そんなことをいって笑いながら、それぞれ、自分の家に帰って行く。家といっても、場末にある狭くて汚ない長屋で、役付の幹部の少数だけが、わずかに一戸をかまえていた。それとて、みすぼらしい借家にすぎない。

昌介は、荷役が終わってから、よく、仲仕たちといっしょに飲んだ。努めて子分たちをいたわるようにした。帰りに、幹部たちと夕食をともにし、ときには、肩を組んで、淫売屋をひやかして歩いたりもした。子分たちと飲むのはほとんど居酒屋だから、その周辺にはかならずといってよいほど三等料理屋がある。港町にはどこでもこの種の店があるが、とくに若松は多かった。

「ちょっと、ちょっと、寄ってお行きよ。安うしとくよ」

首までまっ白な女が袖を引く。

「こらあ、淫売、一発、なんぼに負けるか」

などと、仲仕たちは露骨である。

学生時代、大学に近い穴八幡《あなはちまん》坂に「ドメニカ」という小さい喫茶店があった。田川静雄という小説家の妹が二人で経営していた。窮屈なほど狭かったが、おいしいコーヒーを飲ませるし、なによりその姉妹が文学好きなので、文学学生たちが日夜そこへ参集した。姉妹は美人というのではなかったけれども、知的で、上品で、愛嬌もあったので、二人を目あてに通っていた者も少なくなかったようだ。後に、姉の方は作家緒方一造と同棲したり、妹は左翼の東郷真次と結婚したりして話題をまいたが、そのころは「ドメニカ」は一種の文学道場であった。辻昌介も山中清三郎などと、よく行った。すでに、昌介は鶴村佐久子を意中に置いていたときなので、田川姉妹とはただ親しくしていただけであったが、その店が好きだった。コーヒー一杯で、文学を語っていた雰囲気は静かで、古典的ですらあった。

いま、安酒に酔いくらい、仲仕たちと同じ半纏姿で、淫売屋街をひやかして歩きながら、昌介は、ふいに、「ドメニカ」の古典的状景を思いだす。こちらはすこぶる原始的だ。おそらく、「ドメニカ」の片隅で、口数少なく、コーヒーをすすっていた青白い長髪の一学生と、いま、荒くれたようすで淫売をひやかして歩いている酔っぱらいとが、同一人であるとは、たいていの者が思うまい。

昌介はこの転身が敗北でも堕落でもないと信じきっていたので、悔恨はなかった。ただ、彼がその渦中に入って同化しようと決意し、ともにプロレタリア革命の同志として、手をつないで行こうと考えている沖仲仕たちの実態が、いくらか、彼を不安にした。ときに、昌介をはげしい懐疑に追いこんで、焦躁すら感じさせたのである。

「若オヤジ、ゴンゾなんて、人間の屑ですばい。虫ケラ同然にあつかわれとる」

そんなことを口走る子分には、そんな馬鹿なことを考えたり、いったりしてはいけない、とたしなめたが、多くの者が、

「人生、ただ、酒とバクチと女――この三つが生き甲斐じゃ」

と確たる人生観を抱いていて、この信念を撃破することは容易ではなかった。

「仁王の森やん」と愛称されている道具番の安井森吉は、昌介とはもっともよく気が合った。巨漢のうえに、大きな眼がギョロギョロしていて、どことなく剽軽《ひょうきん》なところもあるが、誠実で、仕事熱心で、統率力もあるので、昌介は安井をなにかと相談相手にした。いずれ沖仲仕の組合でもつくるときには、彼を中心にして動かそうとひそかに考えていた。そして、「これを読んでみらんかね」と小林多喜二の「蟹工船」や、徳永直の「太陽のない街」などの小説を貸してやったが、安井の方はそんな活字にはサッパリ興味がないらしく、

「若オヤジ、若松で親分で通るなら、ちいとはバクチを知っとらにゃ、つきあいが出来ん。酒や女は一人前のごとあるけ、バクチをわたしが教えてあげよう」

と、変な教授方を申し出てきた。

昌介は、苦笑して、

「すこしは知っとるよ」

「ほう、どげなバクチを？」

「花札たい。学生はみんなやるんだよ」

「八八《はちはち》ですか」

「六百ケンも」

「丁半《ちょうはん》は？」

「それは、やったことないな」

「ほんとのバクチは骰子《さいころ》ですばい。花札は子供のやるバクチじゃ、骰子をふる術《すべ》を知らんことには、一人前の親分にはなれん。大オヤジは名人ですけど、まさか、お父さんに習うわけもいかんでしょうけ、わたしが手ほどきしてあげます」

昌介は、教えられればすぐに憶えた上に、人よりも早く上達した。元来が放蕩無頼で、道楽気分や博才があったのかも知れない。負けん性が強かったうえに、凝り性も手伝って、碁、将棋、撞球《ビリヤード》、野球、酒、バクチ、たいていのことに習熟した。ただ人と争うことはきらいで、喧嘩だけは極力すまいと考えた。仲仕たちにとっては、酒、バクチ、女とともに、喧嘩は日常茶飯事である。やればはげしく、血を見るまではおさまらなかった。殺人、傷害事件は、誇張していえば、連日のことだった。仲仕だけでなく、広汎な規模にわたっておこなわれる「白色テロル」は、若松という土地の顕著な特色といってよく、父安太郎も、幾度となく、白刃の下をくぐってきている。父の額の上にはハッキリと大きな刀傷が残っている。石炭産業という近代資本主義の形態が、筑豊炭田から若松港につづく搬出組織の中で、その主軸を暴力に置いているように見えるのは、奇怪ではあるが、歴史的にも、現実的にも、それを否定することができないことを、しだいに、辻昌介は理解した。

三井、三菱、住友、古河、麻生というような石炭鉱業主から、石炭荷役が請負業者へ依頼される。

その下請けを小頭がする。小頭は自組の専属仲仕を使って、現場の作業をする。このつながりは、すべて、親分子分の関係によっておこなわれ、請負師も、小頭も、仲仕も、ほとんどが、酒とバクチと女と喧嘩とによって、仁義や任侠を売りものにする一種のヤクザだ。大部分が無知で、低劣で、その日暮らしといってよかった。普通に考えられる工場などの労働者とはまるでちがっている。「バゾク」と呼ばれる自由労働者やルンペンにちょっと毛の生えた程度だった。

むろん、昌介は「ゴンゾ」と呼ばれている仲仕たちを、人間として、蔑視はしないけれども、こういうしぶとく厄介な仲仕たちのプロレタリア意識を、どうやって目ざめさせ、どうやって近代的な労働組合に組織して、資本主義打倒のための闘争に動員したらよいのか、いささかとまどわざるを得なかった。これまで、親分やボスのために圧迫されてなんの自由も持たず、どんなに賃銀が安くて、生活が苦しくても、争議など一度もしたことがないのである。

「仲仕なんかに、グズッともいわせはしませんよ」

というのが、資本家に対するボスたちの自慢なのだった。

仲仕たちの方も、

「どうせ、おれたちは虫ケラじゃ」

と、投げだしてしまっている。

辻安太郎は若松港汽船積小頭組合の組合長をしていた。昌介はその書記を命ぜられた。しかし、これは小頭の組合であるから、どうしても、沖仲仕自体の組織が必要だと、昌介は考える。けれども、その手がかりを得るのは容易ではなく、よっぽどのなにかのキッカケを待たなければならないもののようであった。

　昌介自身の生活も、荒れていた。せっかくの決心が結実しないいらだちや鬱憤もあったろうが、もともと放埒《ほうらつ》な気質であったにちがいない。だらしがなかった。新しい仲間たちが、これに拍車をかけた。夜な夜な、仲間たちと街に出て酔い痴《し》れた。仲間たちの飲みぶり酔いぶりは、ばかばかしく野放図であった。無産党の山本宣治が七生義団の団員に殺されると、それを痛憤して、また、酒の勢いを増したが、彼らは一つの思想にも、一つの方向にも、一つの運動にも足並みを揃える気配はしめさなかった。世の中が悪い、なにもかもが癪にさわるという、無責任な叛逆精神をぶちまけていただけで、ニヒリストや、ダダイストや、アナーキストの群れが、単に、若さに溺れて、青春の濫費をしているもののように見えた。御家人くずれの風さえあった。デカダンスの様相が濃厚だった。しかし、後で考えてみると、こういう放埒のなかに、徐々に形成されていったものがあったのであり、後に、妹菊江と結婚した共産党のオルグもまじっていたのであるから、まったくのムダであったとはいえないのである。東京のメーデーを見に上京しようという話も、杯盤狼藉《はいばんろうぜき》の間から持ちあがったのであって、昌介はすすんで同行を約し、その機会に、鶴村佐久子に逢おうと考えたのであった。

　ある夜、一人が、いった。

「おい、昌ちゃん、あんた、加津子という芸者、知っとるじゃろう」

「知らん」

「知らんことあるか。こないだ、加津子から——ぜひ、辻さんをつれて来てくれと頼まれたぞ」

「どんな女だったか知らん?」

「正月の出初式の晩じゃったらしいぞ。あんたがはじめてハッピを着て、浜に出た日じゃ。連合組の親分連中と、『丸銀』に行ったろう。そのとき、逢うたはずじゃよ」

「記憶がないな」

「どげでも、こげでも、引っぱって来てくれと拝まれた。いつか、一緒に行ってくれ。おりゃ引きうけたんじゃ」

昌介は、べつに、その女に逢いたい気持はなかった。むしろ、逢うのが煩わしかった。時奴のことで懲りている。妹菊江の話では、時奴が自分と離れまいとしているようだが、なんとかして別れなければならないと思った。それには東京の佐久子との問題が解決の楔《くさび》になる。昌介はあらゆる生活の焦点を、いまは佐久子へしぼって考えなおそうと意図していた。

15

上京の日は、天長節(いまの天皇誕生日)であった。街も、船も、汽車も、日の丸の旗で飾られていた。

門司の鉄道桟橋から、連絡船に乗った。後に、鉄道も、人道も、海底トンネルが掘られた関門海峡は、そのころは船によって連結されていた。壇ノ浦をのぞむ早鞆《はやとも》の瀬戸では、すさまじい渦をつくりながら、潮流がたぎりたっているのが見られ、巌流島の方角には、工場の煤煙につつまれている小倉、八幡、戸畑、若松方面がのぞまれた。港には外国船がたくさん入っていて、典型的な国際貿易港であることを示している。その他、大小の船舶は無数といってよく、青空の下に青々とひろがっている海には、活気がみなぎっていた。その間を、百五十トンほどの美しい豊山丸が縫って行く。

「ここのゴンゾの方が、わしらより、うんと賃銀が高いとですばい」

沖仲仕は、やはり、すぐに沖仲仕に眼がつくと見え、甲板に立っている「仁王の森やん」は、石炭荷役をしている一隻のギリシア船を、特長のあるギョロギョロ眼で眺めながら、かたわらの曾我勇二をかえりみた。

「ほう、なんで?」

「やっぱ、仕事がやりにくいとでしょうなあ。洞海湾は、入りこんだ内海じゃけんど、ここは吹きさらしの海峡ですけ。それに、潮流《ながれ》の速さが段ちがいじゃ。潮に向いたら、なんぼにも伝馬船が動きゃせんし、落ちこんだが最後、死骸もあがりゃせん。賃銀が高いのも、無理はないかも知れんです」

「そんなことはないですよ。荷役のむずかしさ、やさしさよりは、やっぱり、わたくしは、働く者の団結の力が強いからと思いますね。きっと、沖仲仕の組合があるのでしょう?」

「組合はありません。若松と同じこと、小頭の組合だけです」

「そんなら、なにか別の強い力が影蕚しとるのでしょう。高いというんけど、門司はなんぼです?」

「荷物が二十六銭ですよ。わしら、十八銭じゃが……」

「焚料《バンカー》は？」

「門司が三十七銭、若松は、二十九銭」

石炭荷役賃銀は、一トン当たり計算になっている。荷主から、請負師が、荷物炭一トン四十六銭で契約し、事務所費その他を引いて、三十二銭五厘を小頭に渡す。小頭は、道具代、その他の諸掛かりを引いて、仲仕へ十八銭渡す。これを「小方割り《こかたわ》」というが、働いた日の稼ぎ高は、トン数と人数とによって算出される。たとえば、荷物炭を三百トン積みこんだとすると、仲仕賃銀は五十四円。大体ウインチ巻き荷役に、一トン入り大籠三つを使用するとして、約三十五人かかるから、その人数で割ればよいのだが、女仲仕の賃銀は半分なのに、二人分《ぶ》とったり、一人五分《ごぶ》とったりする、「分歩り《ふど》」と称する幹部がいるから、四十人ぐらいで割ることになる。すると、一人当たり、一円三十五銭、これが稼ぎ高だ。だから、トン数が多いほどよいわけだが、三十トン、五十トンというときもあり、一日、四、五十銭にしかならぬ日もある。

焚料炭積みこみは、舷側に棚を吊ってやらなければならないのでむずかしい。その棚の上に立ち、小さなバイスケ（バスケットが訛ったもの）に石炭を入れて、天狗とりの要領で、下の艀から、船の焚料口まで、手で押しあげる。荷物炭のように、ウインチ機械で、ガラガラッと巻きあげるような簡単なわけにはいかない。それで、賃銀も荷物炭よりは高いのだが、危険も数倍していた。しかし、むずかしくても、危険でも、仲仕たちは荷物炭より焚料炭の方の荷役の方を希望していた。一杯でも余計に、「角打」できるからだ。

しかし、この仲仕賃銀は、すべて、上から定められるのであって、一度として仲仕の意志が用いられたためしはない。沖仲仕による石炭荷役がはじめられた明治三十七年、十銭であった「小方割り」が、大正八、九年ごろの好景気時代に、三十銭までになったが、大正十三年に十八銭に下げられてから、昭和四年の現在まで、そのままだ。

「若松の十八銭も安すぎるが、門司の二十六銭だって、まだ安い。仕事のひどさにくらべて、ベラボウな低賃銀だ。これというのも、組合がないためですよ。どうしても、沖仲仕の組合をつくる必要があるんだ」

「組合ができると、賃銀が上がりますか」

「それは、あたりまえのこと。組織の力は大きいですからね。組合こそ、働く者のたった一つの武器ですよ。早く、あんたがたの若オヤジ、辻昌介君と相談して、組合をつくるように努める方がええですね。私は心からそれをすすめますよ。応援もしますよ。こんど東京で、メーデーを見たら、そのことがハッキリわかりますよ」

海峡を渡る連絡船の客は、それぞれの場所で、春風に吹かれている。

辻昌介は、一人で、艫《とも》の左舷の欄干によりかかって、数日後には東京で逢える鶴村佐久子のことを考えつづけていたが、その耳に、聞くともなく、曾我勇二と安井森吉との話し声が入ってきた。あまり離れていないところなので、不思議はないけれども、ちょっと顔をまわせばすぐ気づくくらいの位置なので、二人が昌介の存在を知っているのかどうかが気にかかった。これは大切な点で、知っているといないとでは、全然、意味がちがってくる。単純な安井はともかく、策謀家らしいにおいのする曾我が、昌介を意識しているとすれば、間接にある働きかけをしていることになる。昌介には、まだ、曾我が共産党のオルグかどうか、正体がつかめない。ほとんど三日にあげず、いっしょに酒を飲むけれども、容易に尻尾をあらわさず、ハッキリしたことがわからない。向こうでも、昌介の方をひそかに観察し、鑑定して、時機を待っているのかも知れない。そんなふうに思ったりもしてみるが、こちらから、ムキツケに糺すことは憚られた。糺したところで、否定されるにきまっている。

日本共産党は、前年の三・一五、今年の四・一六の大検挙によって、地下に潜ってしまい、神秘的存在と化している。二度の検挙で、相当、幹部が逮捕されたけれども、まだ大物が残っているにちがいない。党は死んではいない。この大弾圧によって、一時はズタズタにされたとしても、思想を滅ぼすことはできないから、不死身の党が再組織され、新段階に対処する新活動が開始されていることは疑いない。どこにあるかわからない党本部から、さまざまの指令が発せられ、その尖端は、幻術のヴェールをかぶって、神出鬼没している。どこにも党がないということは、どこにも党があるということだ。そして、弾圧と、牢獄と、死とを、すこしも恐れない。なかなかロマンチックだ。

辻昌介は、この英雄的な非合法活動に、青春と魅力とを感じていた。しかし、四・一六事件の直後といってもよい現在、ちょっとでも嫌疑をかけられることは破滅を意味する。そこで、曾我勇二も慎重であるのかも知れないが、労働組合運動は合法的なので、それとなく、辻昌介の腹心であり、辻組の道具番であり、若松港沖仲仕中の有数のシッカリ者である安井森吉に、誘いをかけたものであろうか。それを、わざと、昌介に聞かせて、昌介を試しているのであろうか。

西日本重工業地帯の心臓部である北九州には、洞海湾の周辺をはじめとして、無数の工場がある。中でも、八幡製鉄所がもっとも規模が大きいが、それらの工場にはほとんど労働組合があって、間断なく、争議がくりかえされている。毎日、入港して来る船舶には海員組合があり、これも争議の絶え間がない。そのうちで、熔鉱炉の火まで落としてしまった八幡製鉄のストライキは、人々を震撼《しんかん》させた。

しかし、昌介は、そのストライキの指導者といわれ、後に「熔鉱炉の火は消えたり」という本を書いた有名な深山金造に、あまり好感を持っていなかった。一度、若松の公会堂で演説を聞いたことがある。演壇では、黒いアゴ紐をかけた十数名の警官が、彼をとりかこんでいた。深山は職工出身らしい逞しい風貌の持主だったが、そのものものしい警戒の中にいるのがいかにも得意らしいようすで、珍しいアクセサリーでも誇示するように、昂然と胸を張り、

「このとおり、わたくしは、つねに、弾圧のなかにあります。しかし、いかなる弾圧に遭おうとも、わたくしは無産階級のために、敢然として闘います」

と、かん高い声で絶叫して、大見得を切った。

聴衆は、熱狂した。

「中止」

と、警官が叫ぶと、いっそう、聴衆はわきたった。弁士は検束されていった。

深山はアジ・プロの名人といわれていたが、大衆の心理の壺をつつくコツをよく心得ており、

適度に警官を興奮させる要領もうまかった。しかし、昌介は、その人気のある深山金造に対して、ハッタリめいた嫌味と、打算と、ヒロイズムと、エゴイズムのにおいのする狡さとを感じて、どうしても人間的な信頼感がわかなかった。労働運動の現実問題として、外面にあらわれた形よりも、いつでも、人間の方へ注意を惹かれ、人間を離れて真実はない、と執拗に考える昌介は、文学をやったための習性かも知れなかったが、やはり、いつの場合でも、人間の方へと眼と心とが向くのだった。

多くの労働組合は、合法政党である社会大衆党、社会民主党、労農党などの幹部によって指導されていた。深山金造は社会大衆党に属していた。しかし、昌介は、そういう労働貴族に対して、本能的になじめなかったうえに、労働者に対する裏切りや、単に、労働者を利用するにすぎない「ダラ幹」的な言動などを、身辺に見ることが重なって、はじめから接触する気持がなかった。入党をすすめにきたが、拒絶した。そして、なんとかして、共産党と連絡を持ちたいと考えていたのである。しかし、まったく、その方法がなかったのである。

こういう昌介にとって、もし曾我勇二が党のオルグであれば、念願がかなえられるということになるわけだが、その希望の一面、やはり、昌介は人間としての立場から、おさえがたい矛盾と不安とにとまどっていた。曾我の奇怪な言動の真意がつかめないからだった。

「辻さん、私は無頼漢ですよ」

はじめて「鈴春」というおでん屋で、曾我と会った夜、彼が発した第一語はその言葉だった。

「僕だって、無頼漢です。ゴンゾの親方だから……」

「おまけに、大助平《だいすけべ》です」

「僕も負けないかも知れませんよ」

「辻さんは、ないけど……」

「それは、連歌町に馴染みがありますか」

「新地には？」

「ないです」

「松ヶ枝町もでしょう？」

「ひやかして歩いたことはあります」

「そんなら、あの方も、まだ？………」

「あの方って？」

「男の紋章ですよ」

わからなかった。黙っていると、

「エッヘッヘッヘッ」と下卑《げび》た、勝利感のみなぎった、多少、軽んじるような奇妙な笑い方をして、「それじゃあ、助平を名乗る資格はない。大助平どころか、中助平でもないですよ。辻さん、まさか、童貞じゃないでしょうね？」

「そう馬鹿にしなさんな」

そういってから、羞恥で耳までまっ赤になった。曾我のいう男の紋章が、花柳病であると気づくと同時に、時奴から童貞を奪われた直後、その花柳病を恐れて、あわてて銭湯へかけつけたことを思いだしたのである。後味のわるい追憶だった。その思い出には、吐気をさそう煙草のニコチンのにおいまでくっついている。後で知ったのだが、曾我はトリッペルはもとより、最近は軟性下疳《げかん》で病院通いをしていて、仲間うちでも、その道では大先輩なのであった。

曾我は、クルッと、細い眼を回転させて、

「そんなら、辻さんは、芸者専門ですかな?」

「芸者なら、馴染みだらけだ」

すこし酔っていた昌介は、さっきから、なにか反発を感じつづけていて、われにもなく大きな声を出した。

曾我は、落ちつきはらって、

「ほう、辻さんはブルジョアだ。私たちプロレタリアは、芸者なんどという高嶺の花には手が出ない。もっぱら、女郎に淫売です。今度は、ひとつ、連歌町におつきあい願いたいもんですな」

昔、宗祇法師が連歌の会をひらいたという故事から、その名が出ている連歌町には、かなり大きな遊廓が、両側に六軒ずつならんでいる。淫売屋は、市内に何百軒あるかわからない。曾我勇二は、実際に、そのどちらの常連でもあるらしく、流連《いつづけ》もしばしばするようだった。仲間たちの間でも、「御乱行」の筆頭と目されている。ただし、彼はまだ独身であるから、夫婦喧嘩の心配はない。ヤキモチ騒動は、彼のナジミの女同士の間でおこっているらしいが、みんな金で買われたうえでの関係だから、決定的な勝敗がつかない。曾我は遊女たちとどんなに深い仲になっても、恋愛とか、結婚とかは、全然考えていなかったらしく、

「しっかりした堅気の女房が欲しいもんだがな」

と、口癖にいっていた。

家庭争議は、両親との間におこる。曾我は早くから生みの母親を失っていた。気心がついたときには、冷酷で邪険な継母にいじめられとおしたという。お人よしの父は、はげしい後妻のいいなり放題だったから、曾我は母の愛はもちろん、親の愛というものを知らずに成長したのである。その復讐かどうかわからないが、放蕩の資金に母の貯金を引きだしたり、母の着物を質においたりした。それを咎められると、継母をなぐったり、蹴とばしたり、階段から突き落として、グッタリとなっている上に馬乗りになって、さらに打擲《ちょうちゃく》をくわえたりする。父親は、ただ、

「もう、堪忍してやって、……」

と、オロオロするばかりだ。

曾我の両親は小さい果物店を開いていて、そこから、勇二は先輩の建築事務所に通っていた。設計や測量の仕事が主らしい。裕福とは義理にもいえないこういう生活をしていながら、曾我が連日連夜、放蕩三昧の暮らしをしているのは不思議だった。また、彼は昌介より三つ年上だが、色が青黒く、ゴツゴツした六角形の顔立ちをしていて、色男ともいえない。肩幅がひろく、粗野で、野性にあふれ、どこか人に威圧するところがあるのは、自信にあふれた言動から感じられるのだが、暖かさはなかった。そのくせ、態度はひどく慇懃《いんぎん》で、言葉づかいも丁寧だ。弁舌にも長じている。

「あいつが女にもてるなんて、奇妙キテレツじゃのう」

と、仲間の一人がいうと、

「なんの、銭がもてとるんじゃ。『紺屋高尾』にあるじゃないか――金もて来いが、真の恋、ちゅうて……」

しかし、その金の出所は謎だった。

飲み仲間には、いろいろ変わった人物がいるから、こういう曾我勇二がまじっていたとて、かくべつ、不思議はない。昌介が深くその曾我に拘泥するのは、まったく、曾我が共産党のオルグかも知れない、という一点にかかっていた。党に関することは、すべて秘密のヴェールにつつまれている。ソ連から資金が供給され、国内でも、あらゆる方面からカンパが寄せられているという。もし、曾我が北九州地区か、若松細胞の責任者であるオルグとすると、金の出所の解釈もつく。

夜な夜な、その金を使って、放埒無残の生活をしているのは、官憲の眼をくらますためのカムフラージュかも知れない。大石内蔵之助が吉良の間者をごまかすために、京都祇園の「一力《いちりき》」で大豪遊をした伝に類するものであろう。しかし、詐術でやる放蕩にしては、度がすぎるし、真に迫りすぎている。元来が淫蕩な好色漢なのではあるまいか。また、継母に対する残虐さも、カムフラージュにしては、限界をはみだしている。生来が冷酷な破廉恥漢なのではあるまいか。もしそうであれば、曾我に対しては、人間的立場からけっして好感は持てないし、あまり、つきあいたくもない。

しかし、彼が党のオルグであるならば、彼と結ばれなくてはならないのである。昌介は思想と人間の関係に昏迷する。巨大で神聖な思想の保持者は、巨大で神聖な人間でなくてもよいのか。思想さえ立派であれば、人間は愚劣であってもよいのか。昌介は、自分も愚劣でありながら、巨大で神聖な思想に惹かれているので、他人を責める資格はないけれども、曾我勇二の場合は、あまりにも、思想と人間との距離が隔絶しすぎていると思った。隔絶よりも、背反しているといってよい。しかし、もしも、それが、現在、党の危機に際して、必死に自己の姿を隠そうとしている詐術とするならば、曾我の偉大さは賞讃されなくてはならない。

ある夜、やはり、「鈴春」で、曾我が喧嘩をするところにぶっつかったことがある。一隅で飲んでいた工場労働者風の男が二人、なにが理由であったかわからないが、曾我にからんでなぐりかかってきた。どちらも頑丈で強そうな男だったのに、曾我から、二人ともわけもなくたたきつけられた。あざやかだった。柔道三段ぐらいの腕前であるのみならず、琉球の唐手《からて》を知っていると、昌介は観察した。のびてしまった相手に、曾我は説教をはじめた。理非曲直を説いているのだが、やさしく、噛んでふくめるような言葉でいい、ときどき、

「ね、そうでしょう? 君たちも、そう思うでしょう? それが理の当然ですよ」

と急所急所に、トドメをさすように、念を押していた。

いっていることは常識的だし、くどいほどであるが、そういう話しかたが、相手の理解力とピッタリしているらしく、二人の職工はしきりにうなずいて、

「そのとおりです。よくわかりました」

と、幾度も、頭を下げていた。

こういうとき、諄々《じゅんじゅん》と説く曾我の態度には、男性的なものがあふれ、六角形の顔と、ガッチリとひろい肩幅とが、信頼感さえおこさせる。なかなか、立派だった。

そのとき、オルグというものは、こういうものではあるまいかと、昌介はふと思ったのである。無知な大衆への説得力は、飛躍した言葉からは生まれない。文学をやって、多くの内容を短い言葉で表現する癖のついた昌介は、曾我に学ばなくてはならないと思った。沖仲仕を納得させるためには、五つのものを十《とお》に噛みくだいて話す必要がある。唯物弁証法にもとづく革命論は、すきまもなく組みたてられた説得力を発揮しなくてはならないから、難解であってはならない。省略と、飛躍とがあるうえに、逆説や皮肉などをふくんだ文学的表現は、沖仲仕たちをとまどわすだけだ。曾我のように、やらなくてはならない。

「ええですね。私のいったことが正しいとわかってくれれば、君たちは今日から一歩前進したわけです。賢くなったわけです。それなら、私も本望です」

昌介は、さらに感心した。小学校の先生のように、叱ったあとで、適度におだてることも忘れていない。昌介の気質としては、こういう見えすいたお世辞はとてもいえないのだが、やはり、そうしなくてはいけないのだと思った。

ガンモドキ、豆腐、大根、タマゴ、コンニャクなどのグツグツたぎっているおでん鍋の前に腰かけて、しきりに、曾我に感心していた昌介は、どうした連想作用からか、ふっと、兵営時代を思いだした。風谷栄次郎、新地義親、河野光雄――三人の顔が浮かんだ。そういえば、曾我勇二は、この三人をいっしょにしたようなところがある。颯爽としていて、策謀家で、好色だ。「第三インターナショナルの歴史的地位」においては、味方であるか、敵であるか。とにかく、注目するにたる一人物である。

曾我の正体いかんによって、昌介の方向もきまる。ともあれ、もうしばらく、じっと、曾我勇二を観察していようと、昌介は思い定めたのであった。その曾我が、いま、関門連絡船の上で、「仁王の森やん」に、労働組合組織をすすめているので、いよいよ、正体の片鱗をあらわしはじめたのかと、聞き耳を立てたのである。

16

一行は、四名だった。

一人は、洗濯屋で、絵を描いている月原準一郎。月原は父の業を継ぐべく、前から、新しいドライ・クリーニングの技法を習得するため、東京に一年ほど修業に行くといっていたが、辻、曾我、安井の三人がメーデーを見に上京すると聞いて、同道を申し出たのであった。五尺そこその小柄な男だが、気さくで、剽軽で、誠実な人柄なので、だれからも信頼されていた。彼も進歩的文化人をもって任じ、未来派風な油絵を描くだけでなく、地方劇団「テアトル・シンテーゼ」に参加して舞台に立ったりしていた。左傾していたわけではないが、一種のシンパで、叛逆精神をぶちまけることによって、青春の特権と自由とを謳歌する、デカダンスの一党であった。

おでん屋「鈴春」で、曾我勇二を昌介に紹介したのは月原である。彼はそのとき相当に泥酔し

ていて、

「おい、昌ちゃん、高利貸しをつれて来たけ、銭のいるときは、いつでも、勇さんにいいなさい」

といった。

そのまま、月原はおでん屋の女たちのところへ行って、駄洒落《だじゃれ》をとばしたり、猥談をしたりしているうちに、眠りこけてしまった。それから昌介は曾我と話をしたわけであるが、月原がどういうわけで、曾我を高利貸しといったのか、いまだにわからずじまいである。おそらく曾我の豪遊ぶりを見て、金の出所がわからず、コッソリ高利貸しで金融でもしているように当て推量したものにちがいない。しかし、その後、つきあっているうちに、わかったことは、曾我が、けっして酔わないことだった。酒でも、ビールでも、かなりに飲み、歌ったり、踊ったり、コップを齧《かじ》ったり、おでん鍋に下駄を投げこんだり、相当の酔狂もするのだが、けっして乱れないし、前後不覚にならない。昌介や月原は、佳境に入ると、たちまち、わからなくなってしまい、翌朝になって臍《ほぞ》を噛むことがしばしばだ。そして、前夜、どこでなにをし、なにをいったかがわかるまでの不気味さはいいようがない。それなのに、性こりもなく、幾度となく、同じ失敗をくりかえす。ところが、曾我勇二はそんな後悔など、一度もした経験がないらしい。しかし、それは単に、酒が強いためだけではないらしかった。

「勇サンはシッカリしとる。根性が悪い奴は、酒に酔わんもんじゃが、勇さんも根性が悪いんじゃや」

月原は、そういう。たしかに、そうだ、と昌介も思う。しかし、それが党のオルグであるために、酔ってはならない、酔えばどんな秘密を洩らすかわからない、という用心があるとすれば、さらに、別個の意義を持ってくるのである。ともかく、曾我勇二は、謎を持ったまま、昌介にとって、重大な存在になったのだった。

山にも、街にも、船にも、無数にひるがえっている日の丸の旗が、眼にしみる。

「若オヤジ、美しいなあ」

と、素朴な「仁王の森やん」は、率直に、自分の感懐を述べる。

「うん、美しい」

と、昌介も答えた。

「日本の旗は、世界中のどこの国の旗よりも美しいばい。ピカ一じゃ。白地に赤丸だけの簡単なもんじゃが、ゴテゴテした外国旗より、なんぼ立派かわからんわい」

天長節のため、日本船はむろんのこと、外国船も満艦飾をほどこしている。そのはためく万国旗のなかで、たしかに、日章旗は際だっていた。旗にたわむれるように、カモメがたくさん飛んでいる。

「曾我さん、あんたはどう思うですか」

と、安井は、曾我の意見を求めた。自分が好きでたまらないので、一人でも同意者を求めたいのであろう。

「君のいうとおり、ほんとうに、日章旗は美しいですね。おそらく、旗としての意匠は世界一でしょう」

「世界一か。こりゃ、気に入った」

巨漢の森吉は、はしゃぎまわってよろこんだ。

昌介はヒヤヒヤした。天皇陛下好きの「仁王の森やん」が、つづいて、

「そんなら、日本の天子さまも、世界一じゃ。な、曾我さん、そうじゃろうが？」

と、いいだしはしないかと思ったのである。

それに対して、曾我はどう答えるであろうか。彼がコミニストなら、天皇制否定の立場に立っている。安井の天皇礼讃に同調するはずがない。しかし、いま、それをあからさまに表現することは危険であるから、なんとか、うまくバツを合わせてごまかすであろうが、じつは、安井のその発言を恐れたのは、昌介自身かも知れなかった。もっとも信頼し、愛している安井が、もしその質問を昌介に投げたとしたら、

「ああ、お前のいうとおりだよ」

と、素直に答えられるか。

青春の一切を、共産主義運動へ賭けようと決意していながら、昌介の内部は、矛盾だらけであった。第一、彼は、純粋な労働者ではない。毎日、印半纏を着て現場には出るが、働くためよりも監督のためだ。兵営で、憎々しげに、新地義親が指摘したように、昌介が「辻組」という中間搾取階級の者とすれば、現場に出ることは搾取の確認のためということになる。

しかし、昌介は、そのことには、なお、疑問を持ち、ある確信も抱いていた。直属の仲仕を擁し、現場の責任を持つ小頭は、搾取者ではなく、石炭資本家とじかにつながっている請負師組合こそ

中間搾取階級であると信じていた。後に、煮え湯を呑まされる事件がおこったため、彼のこの確信もぐらついたが、このときまでは、その信念に誤りはないと思っていた。しかし、無産階級解放のために闘う自分が、貧乏人でないことは、たしかだ。貧富の差のはなはだしさに義憤をおぼえ、素朴な印象的正義感を抱くことから出発したのに、お坊ちゃんの昌介は貧乏の苦痛や、悲しさや、憤りについての実感は持っていない。それが昌介に引け目を感じさせる。しかし、その他のさまざまの矛盾にもまして、天皇制の問題は、昌介を四苦八苦させた。コミニストとなることは、当然、天皇制を廃する立場に立つことだ。父安太郎も、母松江も、絶対、天皇崇拝者である。とくに、母は、子供たちに、小さいころから、

「お前たち、気をつけなさいよ。天子さまのござらっしゃる東の方に、足を向けてはいけないよ」

と、口癖に、躾けてきた。

ウッカリ東に足を投げだしていて、物差でピシッと、足の甲をたたかれたこともある。その後、長じるとともに、天皇への尊敬と、恐れと、愛とが、昌介の心の中に、重々しく巣食っている。共産主義の理論は、天皇を人民搾取の頂点的形態と説く。プロレタリア革命とは天皇制を倒すことであり、ロシア革命のように、ニコライ皇帝を銃殺することによって、プロレタリアートの解放と支配とを確立することにある。天皇制廃止は、日本共産党の第一のテーゼだ。しかし、昌介は、コミニズムには強く惹かれても、一挙に、天皇を搾取の親玉とこれを憎み、これを殺さなければならないという明快な結論が、容易にわいて来ないのである。それどころか、偶然、天長

節に上京することになって、旗の波を見ると、それを美しいと思うと同時に、天皇の誕生日を祝う気持になっている。毒されているものがどんなに深くとも、これを清算し得ないでは、コミニストたるの資格はないのである。日和見《ひよりみ》主義や、オポチュニズムを憎み、ダンテ「神曲」の糞尿地獄に落ちるなと自戒しながら、昌介自身がその渦中にある。しかし、矛盾と未解決とのままで行動して行くうちに、その実践のなかで、夾雑物は清算されないのだろうか。そこに望みを託するよりほか、いまの昌介にとって、前進の姿勢をととのえる術がなかった。とにかく、前へ、だ。日出生台を落伍せずに突破したように。

「畜生、また、あそこに、いやな奴がならんでやがる」

月原準一郎が、だれにいうともなく、不愉快そうに、ひとりごちた。

栈橋から、駅のプラット・ホームへつづく歩道に、私服の特高刑事が、五、六人いるのが見えた。銅鑼《どら》の音とともに、豊山丸が着くと、数百名の乗客が吐きだされたが、そのなかでも、印半纏姿の昌介は目立ったのか、すぐに、呼びとめられた。

「君、君」

昌介が立ちどまると、自然に他の三人も立ちどまった。

「四人《よったり》、連れなんだね」

「はあ」

「どこに行くんだ?」

「東京です」

「なにをしに？」

「遊びにです」

「メーデーに行くのじゃないか」

昌介は、ちょっと、ギクッとしたが、

「いいえ、メーデーなんか、どうだってええんですよ。僕は縁談です」

「嫁もらいに行くのに、ハッピがけとはおかしいね。背広でも着ていけばええのに……」

「持たないんですよ」

「ハッハッハッハッ、ま、いいや。ちょっと、みんないっしょに、そこまで来てもらおうか」

四人とも、交番につれていかれた。

昌介が、背広服を持たないといったのは、嘘ではなかった。早稲田大学時代も、ほとんど和服で通していたし、学校からすぐ入営したので、背広服など必要でなかった。除隊してからも、着物好きの昌介は、現場行きは、印半纏で間に合わせ、洋服をつくる気持がなかった。しかし、やはり、どうしても必要なことがわかったので、母にすすめられて注文はしたが、上京に間に合わなかった。メーデー見物に、和服もおかしい。ひょっとしたら、デモ行進に参加しなければならなくなるかも知れないので、労働者の制服である印半纏がよいと思ったのだ。安井森吉も同じく、辻組の半纏姿だった。しかし、根っからの仲仕である「仁王の森やん」にくらべて、知的な風貌の昌介は怪しまれたものとみえる。他の三人も、やはり、うさんくさいと見られて、とうとう、連絡していた東京行急行列車には乗れなくなってしまった。

豚箱入りかと覚悟していたところ、一時間ほどで釈放された。綿密な身体検査をしたあと、電話で若松警察署をはじめ汽船積小頭組合、連合組、三井物産、辻組、という具合に、片はしから連絡していたが、やっと、チョビ髭を生やした中年の特高主任が、

「すまん、すまん。君たちの公明正大がわかりました。役目なので、許したまえ」

と、頭をかきかき、詫びをいった。

「お手数かけました。そんなら、失礼いたします」

いんぎんに、曾我勇二が挨拶し、三人をうながして、先に出た。

「馬鹿にしとる」と、月原準一郎はプリプリしていた。

つぎの急行列車まで四時間もあった。昌介は、山中清三郎あて、列車が変更になった旨の電報を打った。月原も、四谷のドライ・クリーニング工場へ同様の電報を打った。列車までの時間をつぶすため、下関駅前にある「山陽ホテル」のグリルに入った。ビフテキをつつきながら、いくらか、ヤケ気味になって、酒とビールを飲んだ。

「こういうときに、英気を養わにゃいかん。怒りを沈めるには、女にかぎる。諸君を誘ったって来んにきまっとるから、私ひとりで行って来る」

曾我勇二は、豊前田遊廓に行くと称して、一人で、夕暮れの街に消えてしまった。

すると、もう酔っぱらっていた月原準一郎が、女という言葉で思い出したのか、また、クドクドと、芸者加津子のことをいいだした。

「おい、昌ちゃん。頼むばい。おりゃ、昨晩《ゆんべ》も、送別会の席で、いやというほど拝まれた。お

れがあれだけいうとったのに、あんたはまだ一ぺんも、加津子を呼んでやっとらんじゃなあ。おりゃあ、頼み甲斐のない男といわれたよ」

「そんなこというたって、僕はちっとも記憶がないもん」

「なんでもええ。今度、東京から帰ったら、ぜひ、一度、加津子に逢うてやっておくれ。おれは、もう、上京したら一年ほどは帰らんけ、最後の頼みじゃ。な、な、わかったな？」

「わかった、わかった」

と、面倒くさいので、昌介は承知するふりをした。

「仁王の森やん」は、自分も酔いたいが、汽車に遅れてはたいへんと、あまり飲もうとはせず、時計ばかり気にしていた。

17

辻昌介は、東京に、一週間ほど滞在した。その間、三つの大きな経験をした。大きいといっても、現在の昌介にとっての意味の大小であって、実際はありふれたつまらないことであったかも知れない。

早稲田大学時代、五年間も暮らした東京であるのに、現在の昌介にとっては、東京はまったく別の様相を呈していた。文学青年の時代には気づかなかった東京が、そこにあった。学生時代には、メーデーに関心などなかったのに、わざわざ、メーデーを見に九州から上京したことが、まず大きな変化というべきだったが、その昌介は、到着した四月三十日に、労農党の山本宣治を殺した七生義団の黒田某が、保釈出所したというニュースに深い関心を示し、五月一日の当日、争議中だった三越デパートのエレベーター係がゼネ・ストを敢行したと知ると、

「若松の沖仲仕が、下積みのまま、泣き寝入りしとるのは情けないな」

などと「仁王の森やん」に述懐した。

昌介は、阿佐ヶ谷にある山中清三郎の家には泊まらなかった。山中夫婦はそのつもりで準備して待っていたが、子分の連れがあるからといい、二人泊まってもいいんだよとすすめられても、都心にいないと困ることがあるからと、神田の安宿に泊まった。実際は、山中の友情を恐れたのである。昌介の才能を惜しんで、ふたたび文学にかえるように、山中が綿々とかきくどくことは見えすいていたし、それはいまの昌介には苦痛なだけであった。そこで、泊まらなかったばかりでなく、なるべく、寄りつかないようにした。山中ばかりでなく、昔の文学友だちには会いたくなかった。喫茶店「ドメニカ」のあるなつかしい母校付近にも行かなかった。

月原準一郎は、四谷にあるドライ・クリーニング工場に内弟子として住みこみ、曾我勇二は東京に着いた日から、行方知れずになってしまった。ときどき、どこからか、旅館に電話をかけてくる。それで、東京にいることがわかるが、こっちからは連絡のつけようがなかった。いわば、神秘的行動をとりはじめたので、彼がオルグかも知れないという昌介の疑念は、いっそう、濃くなった。

メーデーの当日は、九段下の電車道路で乱闘に巻きこまれた。赤旗や組合旗やプラカードなど

を押したてた労働者の隊列が、スクラムを組んで、靖国神社の方から行進して来るのを、安井と二人で眺めていた。デモ隊の中から、どよめきのように歌声が盛りあがっていた。

聞け万国の労働者
とどろきわたるメーデーの
示威者におこる足どりと
未来を告ぐる鬨《とき》の声

歌声とともに、奔流のように流れて行く労働者の隊列に、昌介が胸をひきしめられるような感動に浸っていると、突然、隊列の中から、小さいビラがバラまかれた。赤い雪のようだった。

「それを拾うな」

と警官が叫んでから、たちまち、大混乱におちいった。

なにがどうなったのか、サッパリわからない。乱闘にもまれている耳に、

「若オヤジ、……若オヤジ」

と絶叫している安井の声が聞こえたが、どこにいるのか見当がつかなかった。

「検束だ」

と、血相変えた警官が、二人で、昌介の腕をつかんだ。

「僕は関係ないですよ。見物しとっただけです」

「文句いわんで、来い」

「行きません」

「来い」

その問答も、えたいの知れぬ混乱と乱闘とに巻きこまれてしまい、昌介は頭上と肩にはげしい打撲感をおぼえた。群衆の中に引きずりこまれ、身動きがならなくなった。足をすくわれ、身体が宙に浮いたが、もう自由がきかなかった。横だおしになると、頭といわず、身体といわず踏みにじられた。必死に抵抗して、やっと立ちあがったが、青空を見たとき、クラクラと眩暈《めまい》がした。唇に生ぐさいものが入ったので手でぬぐうと血だった。

「検束だ。来い」

と、また、黒いアゴ紐の別の巡査が、数人で襲いかかってきた。

はげしい憤りに駆り立てられた昌介は、警官隊を突きとばした。格闘になった。思いがけぬ事態だった。人と争うことがきらいで、喧嘩などしたこともなかったのに、これまで経験したことのない憤怒が全身を焼きつくした。興奮の極に達し、逆上したように、暴れた。しかし、捕えられては面倒と、逃げる算段もしていた。格闘しながらも、鶴村佐久子のことを考えていた。運がわるければ、ブタ箱に入れられ、検束ではなく、二十九日間の拘留《こうりゅう》という目にも遭いかねない。タライ回しされて、もっと長く出られない危険もある。そうなれば、なんのために上京したのかわからなくなるので、昌介は必死だった。

激情のさなかの心理を分析することはできないが、もし佐久子がいなかったら、昌介はこんなに抵抗はしなかったかも知れない。進んで検束されたかも知れない。曾我勇二は、好色家のためには、花柳病が男の紋章だといった。さすれば、ブタ箱は思想運動家の紋章といえよう。つねに、弾圧と、牢獄と、死に対決し、それらをも恐れないコミニストが、一度もブタ箱の味を知らないのは恥だ。曾我は、そういうにきまっている。昌介とて、べつに、ブタ箱を恐れはしない。東京の留置場の経験を積むのも一興だった。

しかし、いま、昌介は大暴れして、脱出の機会ばかりねらった。まったく、女のためであった。そしてやっと成功したのである。見苦しい格好であった。傷だらけ、血だらけ、半纏は破れ、帽子はなくなってしまった。肩や腰が痛く、足をくじいて、跛《びっこ》になった。歩くよりも、半分は這った。それも大ぴらに街は通れないので、路地を伝い、溝をわたり、垣根をくぐって逃げた。まるで、犯罪者のようだった。昌介の姿を見つけて、けげんそうな視線を投げる者はあったが、幸いにして、警官には会わず、神田の宿にたどりつくことができた。

「どうなさったの?」

と、デップリ肥った、人のよさそうな女将がビックリして訊ねた。

「メーデーを見物しとったら、乱闘の巻きぞえを食ってしまって、……安井は帰っていませんか」

「まだですよ。お連れさんも、巻きこまれなさったのですか」

「そうらしいです。はぐれてしまって……」

「災難でしたわね。去年はわたしの弟も巻きぞえ食って、半死半生の目に遭ったことがありますよ。あきれてしまうわ。なんで、あんな行列なんかして、人騒がせするのか、阿呆らしいったらありゃしない。さ、仏間の方へいらっしゃい。消毒して、繃帯してあげますから……」

親切な女将に肩を貸してもらって、やっと立ちあがった。

サイレンが、鳴りだした。メーデーの騒乱のためか。それとも、自分を探しているのか。壮大な考えに捉われて、昌介は胸騒ぎがした。

「女将さん、あのサイレンはなんです？」

「ああ、お午《ひる》ですよ。昨日までは午砲《ドン》を鳴らしてたけど、今日からサイレンに変わったの」

昌介は、急におかしくなって笑いだした。笑うと、身体の方にこたえた。しかし、笑いがとまらなかった。笑いながら涙が出た。

女将が、妙な顔をしていた。

18

早大付近には、いたるところ、五年間の学生生活時代の思い出がこびりついている。早稲田の電車終点から、野球グラウンドを右に見て、ダラダラ坂を登って行くと、左手の高台に見える古ぼけた江楓寮《こうふう》は、一年ほど下宿したところだ。戸塚へ出ると、一軒一軒が知りあいで、稲門堂書店も、油屋質店も、長越文房具店も、綿部靴屋も、富士ミルク・ホールも、アサヒ・ビリヤードも昔のままであった。

昌介は、江楓寮を出てから、長越文房具店の二階六畳を借りて、源兵衛へ移るまで、そこに、一年ほどいた。源兵衛の素人下宿から、山中清三郎のすすめるまま、阿佐ヶ谷で、小さい家を一軒借りた。その家が九州へ引きあげる最後の住居になったのであるが、こういうたびたびの転居の動機は、多かれ少なかれ、鶴村佐久子に関連していたのである。むろん、他の理由もあったけれども、結局は、佐久子と逢うために都合がよいことを第一条件にし、それが高じて、下宿でなく、学生のくせに、一軒の独立家屋を借りたのである。昌介の夢のなかでは、そこが佐久子との愛の巣になるはずであった。しかし、なにひとつ、決定的にならぬうちに、入営しなければならなくなり、中途退学とともに、大切なことが中断されるにいたったのである。

　昌介は、鶴村家へ行く途中、五年間も親しんだ家々の間を通り抜けたのに、だれ一人、彼に気づかなかったのが面白くてたまらなかった。顔見知りが何人もいて、通過して行く昌介を見ていながら、みんなケロリとしていた。稲門堂書店は長い馴染みで、学生では本を買うレコード《（注 記録）》をつくったものである。そして、むろん、そこの主人とも親しかった。いまその主人は表に出ていて、通過して行く昌介を見たのに、知らん顔をしていた。学生時代、この界隈を歩く昌介は、いつも紺ガスリの着物に、小倉袴をはき、無帽で長髪をなびかせていた。冬は黒のマントをひっかけていた。そして、たいてい、犬をつれていた。

　しかし、いまは印半纏を着、タンクになったズボンをはき、中折帽をかぶっている。半纏の襟には、辻組と書いてあるのだから、その字を読めば気づいた者もあろうが、最初から、辻昌介と半纏姿とを結びつける先入観がまるでないため、見すごしてしまうらしかった。昌介の方からは、声をかけなかった。かければ、なつかしがるにちがいないと思ったが、自分の変化を一口に説明しきれないし、めずらしがられて、いちいち説明するのも煩わしかったのである。昌介は、ときどき、吹きだしたくなるのをこらえながら、通りから、長越文具店と、油屋質店との間の路地へ入った。

この油屋質店も、大のお得意だった。父から送金してもらう額では、本を買いきれず、質屋を利用した。あまりに頻繁に出し入れするので、番頭が、辻さんは通帳にしましょう、といって、帳面《かよい》をこしらえてくれた。それが当時の金で、九十円あまりになり、利子も滞りがちになってへこたれた。父安太郎が、若松市会議員の北海道視察旅行の帰途、東京に寄ったとき、昌介は思いきって相談した。眼をみはった父は、

「もう、一六《いちろく》銀行の味をおぼえたのか」

といって、苦笑した。

しかし、なんの文句もいわず、百円札を一枚くれた。当時、下関から、急行列車で東京に行くのに、十円札一枚あれば足りた。汽車賃が九円、急行券が八十銭、それに二割五分の学生割引があったから、弁当代を引いてもあまったのである。学生の下宿代が十五円から二十円であった。だから、百円は大金である。昌介が大学へ行き、文学をやることに大反対をしていた父が、文学書を受けだすために、大枚百円を出してくれたことは、昌介の胸にこたえた。涙の出る思いがした。さっそく、油屋に行くと、番頭はその百円札をひねくりまわしながら、

「辻さんは、いいお父さんを持っておられますね」

と、しきりに感嘆したものである。

油屋と染め抜かれた紺のれんを眺め、この奥の店の帳場に、あの、若いくせに、みごとに頭の禿げた、色の青白い番頭がいるにちがいない、と考えながら通りすぎようとすると、とつぜん犬

がはげしく吠えだした。あまり上等ではない、まっ黒な雑種犬で、彼によくなついていたベルである。半纏姿を見て、うさんくさい奴と思ったのか、吠えかたがけたたましかった。いまにも噛みつきそうに、足もとまで寄って来て、吠えたてる。

「ベル、ベル、……、ベル」

と呼んでみたが、吠えやまなかった。

「ベル、ベル」

路地の奥から、女の声がして、カラカラと下駄の音が近づいて来た。

佐久子の妹の美津子だった。あまり犬の鳴きかたがはげしいので、なにごとかと思ったのであろう。路地は突きあたりになっているが、奥は共同水道を中心に、かなり広くなっており、そこに、鶴村家があった。あとは、長越文具店、綿部靴屋、富士ミルク・ホールなどの裏口になっていて、物干や、ゴミ箱や、倉庫などのある雑然とした一角だった。美津子は水道傍で洗濯していたもようで、エプロンにタスキをかけ、手を洗濯石鹼の泡でまっ白にしていた。まだ十五の学生だが、静かな姉佐久子とは正反対のおきゃんで、歌がうまかった。

「ベルベルベルベル」

と、つづけざまに呼んで、いきりたっている犬をなだめようとした。

紺のれんを排して、小柄な、禿頭の番頭も出て来た。

「ベル、……なにを吠えてるんだ?」

そういって、すみません、というように、昌介に、かるく頭を下げた。しかし、だれであるかには、まだ気づいていなかった。

おかしさをこらえながら、黙って、昌介は帽子をとった。長髪は昔のままであった。

「あらァ、辻さん」

と、美津子が頓狂な声を発した。

番頭もおどろいて、マジマジと見つめながら、

「ほんとうに辻さんだ。へえェ」

と、あとは言葉が出ないもようだった。

「お母さん、辻さんよ」

と、美津子は大声で叫びながら、昌介の腕をとって、鶴村家の玄関へ、グングン引きずって行った。

母政子も、あッといった顔つきになって、ただ、

「まア、まア」

というばかりだった。

文具店からも、靴屋からも、ミルク・ホールからも、ビリヤードからも、旧知の人々が集まって来た。みんな、昌介をとりまいて、ただその変化におどろくのだった。しかし、そのおどろきや、不審や、好奇や、珍しさの底に、たしかに、同情の気持が流れているのを、昌介は感じとった。庶民階級の連中ばかりなので、半纏姿を蔑《さげす》む者はいなかったけれども、作家を夢みて、文学勉強に熱中していた昌介が、半纏姿であらわれたことに対して、これをよろこんだり、祝ったりする

者は一人もいなかった。逆に、気の毒がっていた。世間では、やはり、服装や外見がものをいうのである。襤褸《ぼろ》の中に黄金をつつむよりも、黄金の袋に襤褸を入れている方が通るのである。

しかし、昌介は弁解したり、釈明したりしようとは思わなかった。気の毒がられ、同情されるどころか、よろこんで祝ってもらいたいのだといったところで、おそらく、かえって負け惜しみと聞かれるだけであろう。これこそ、青春の革命であって、前進と発展のシンボルだといっても、この人たちに通じはしない。といって、思想のことはうかつに話せないし、簡単に話せば、旧知の人々を敵にまわす危険がある。曾我勇二のように、諄々と、しちくどく、噛んでふくめるように、説明すればよいかも知れないが、それは、面倒くさかった。いまは、どんなに誤解されたってかまわないと、昌介は思った。しかし、あまり矢つぎばやに、どうしたのかと問いつめられるので、

「親孝行のためですよ。ハッピを着ていたって、けっして落ちぶれたわけじゃないから、ご安心下さい」

と、笑って答えた。

「辻さん、あんた、たいそう、方々に、怪我してるようだが、どうしなさったんです?」

質屋の番頭は、昌介の顔や首筋にかすり傷がいくつもあり、左手首には繃帯をしているのを見て、不審そうに訊いた。

「メーデーの乱闘にまきこまれたんですよ。ひどい傍杖《そばづえ》を食っちゃった」

久しぶりで、東京弁が出た。

「辻さん、まア、家に入って、お茶でも……」

と、鶴村夫人がうながした。

「いただきます。……佐久子さんは？」

「学校から、まだですの。このごろ、テニスの選手になったもんだから、日が暮れないと帰りませんのよ。辻さん、ゆっくりして下さい。あなた、お宿は？」

「あります」

「山中さんとこですか」

「いいえ、神田の旅館に……」

「そんなところに泊まらずに、よかったら、狭いけど、家にどうぞ。遠慮はいりませんから……」

「都合では……」

「都合なんていわずに、ぜひ」

「そんなら、旅館の方にそういって来ます。じつは、九州からの連れが一人あるんです。それに、ちょっとかたづけておかなくてはならない用事もありますから、出なおして来ます。洗面道具や、荷物も、持って来なくちゃならないし、夜、また……」

「夜は、お父さんも、佐久子も、います。お待ちしてますわ」

茶菓子だけをよばれ、夜、泊まるつもりで出なおして来ることを約して、昌介は鶴村家を辞した。弾むように心に描いて来た佐久子がいなかったことは、気合い抜けがしたが、夜は逢えるし、泊まることになれば、上京して来た目的も果たせるにちがいないと思った。

神田の旅館に帰って来ると、「仁王の森やん」に、今夜から二、三日、別に宿をとることを告げた。早稲田の古い知人の家に、とだけいって、鶴村佐久子のことは話さなかった。住所も明かさず、ときどき、電話で連絡をとるし、昼はいっしょになるからと打ちあわせした。曾我勇二がどこにいるかわからず、ときどき、電話をかけてくる、その神秘的行動が、曾我をなにか魅力ある存在にしていたが、昌介も自分の部下に対して、ちょっとそれに似た秘密めかした行動をとる始末になった。べつに思わせぶりをしたわけではなく、いずれ、結婚ということにでもなればわかることだし、打ちあけるには時期尚早だ、と思ったにすぎない。しかし、安井の方は、気をまわして深刻に考えたとみえ、四谷のドライ・クリーニング工場にいる月原準一郎のところへ行って、

「うちの若オヤジも、曾我さんと同じように、地下に潜ってしもうたが、ひょっとしたら、赤にかぶれとるんじゃあるまいか。月原さんはどっちも古い友だちじゃけ、知っとりゃせんですか」

と、心配顔に訊きに行ったということである。

月原は、もしやとは思ったが、

「そんなこた、ない、ない。きっと、あんたにいわれん学生時代の恋人でもおるとじゃろ」

と、笑いにまぎらせてしまった。

「そんならええけど、若オヤジが赤にでもかぶれたら困るけ」

「昌ちゃんは子分のうちでも、あんたを信頼しとるから、そのうち、きっと、なにもかも話すよ」

「曾我さんは、どうも、赤のごとある。それに、若オヤジもかぶれかかっとるような気がするもんじゃげ、わたしゃ気が気じゃない。労働者じゃけ、メーデーを見るのはええけんど、共産党はわたしは好かん。曾我さんが共産党であってもかまわんけんど、若オヤジだけはどんなことが

あっても、赤には、しとうない」

「大丈夫、大丈夫、そのうち、きれいな娘さんを連れて来て、あんたをびっくりさせるじゃろうたい」

「なにか、わかったことがあったら、知らせてつかァさい」

若松港沖仲仕労働組合をつくる場合には、第一の相談相手にしたいと、昌介が考えていた安井森吉は、共産党を蛇蠍《だかつ》のように嫌っていた。当時は、三・一五、四・一六の検挙によって、一般に、共産党を、殺人、放火、強盗など以上の凶悪犯のように考えている風潮があった。息子が検挙されたために、自殺した母親もあったし、夜逃げをした一家もあった。したがって、無知で、単純で、親分思いの安井が、昌介の赤化を恐れていたのは自然感情であったといえよう。彼は、神田の宿に一人残されて、やりきれない夜をすごしていたのだった。

19

月原準一郎がいったように、辻昌介にも、いつか突然、鶴村佐久子と二人で安井森吉の前にあらわれて、

「おい、森やん、これがおれの女房だよ」

といって、びっくりさせてやりたい、いたずらっぽい気持はあった。おどろきやよろこびは唐突であるほど効果的である。また、アヤフヤな状態のままでは紹介したくなかった。

といって、昌介と佐久子の関係は、普通の恋愛とはちがっていた。小倉中学三年生のとき、二つ年上の女学生川崎豊子と恋愛したときには、結婚するといって、双方の両親を手こずらせた。この二人にヤキモチを焼いて、後に芸者時奴になった松岡高枝が、しきりに妨害をしたのであったが、当時、子供は子供なりに真剣で、あまり反対がはげしければ、かけ落ちか心中でもしかねまじき勢いだった。その豊子は昌介が早大へ入った年に病死したので、自然に解決したが、上京した昌介の前に、東京で新しく数人の女性があらわれた。しかし、彼がまだ十七歳であったし、入営するときでも、二十二歳になったばかりだったのであるから、相手の女性はみんな若く、というより、子供といった方がよかった。ただ、東京の女の子は九州の田舎娘とは格別にちがって長《ま》せており、小学生や女学生であっても、おどろくほどの成熟ぶりを見せていた。

昌介としては、文学を志していたうえに、思春期のはなやかな時期を迎えていたから、女性と恋愛とには特別な関心があった。ことに、アアネスト・ダウスンを知り、その詩に熱中して翻訳などをはじめるようになると、ダウスンの甘くて悲しい恋に観念的に陶酔し、この世紀末のデカダン詩人がその詩集をささげたアデレイドや、つねに胸に思い描いたシナラを求める感傷の心は、若い昌介の胸にも湧いたのである。また、ダンテのベアトリチエや、ゲーテのグレートヘンのような、永遠の女性に憧れる古典的な気持もあった。

しかし、結局、学生が接触する女性といえば、下宿屋の娘か、喫茶店やミルク・ホールの給仕女、ビリヤードの点取り嬢、せいぜい、本屋の娘ぐらいで、範囲は狭かった。したがって、昌介が知りあったのもそれらの娘だったが、そのなかには恋愛感情を動かされた女性はいなかった。江楓寮に下宿していたとき、経営者の女将が、自分の娘と昌介とを結婚させたい意向を示したので、あわてて昌介はそこを出て、すぐ近くの長越文具店の二階へ替わったのである。三川武子といったその小学生は、細面の美人であったが、神経質で、高慢で、昌介の性に合わなかった。それよりも、母親が河馬《かば》のように肥っている不気味な女で、もし武子と結婚した場合、この女が義母になるのかと思うと、寒気がしたのである。

長越文具店の二階には、六畳が二間あって、表通りに面した方は、市尾清一郎という専門部の大学生が間借りしていた。チョビ髭を生やした、青白い、にやけた男だった。昌介の借りた裏二階の部屋は、文具店と油屋質店との間の路地を抜けて入る広場に面していて、窓から見おろす真正面に、鶴村佐久子の家があった。しかし、長越家へ越して来てから、佐久子と知りあいになったわけではない。江楓寮の三川武子と佐久子とは、小学校の同級生で、仲よく往来していたので、昌介も自然に佐久子と近づきになっていた。昌介が、どこかに移りたい意向を洩らしたとき、長越文具店の二階がひと間空いていることを知らせてくれたのも佐久子だった。しかし、そのとき、佐久子は不審そうな顔をしながら、

「武子さんが辻さんのお嫁さんになるって聞いていたのに、どうしてお替わりになるの?」

と、訊いた。

「だれがそんなことをいったんだね?」

「武子さん、自分でそういってたわ」

「そんな馬鹿なことはないよ。僕はなんにも知らん」

「変ねえ」

そういう佐久子は、小学六年生だったたし、まだ深いつきあいもなかったから、かくべつ、複雑な気持があったわけではない。正直、ちょっと変に思っただけであろう。むろん、嫉妬の感情などあろうはずはなかった。

長越文具店の主人夫婦は、気さくで、親切で、昌介はよいところへ替わったと思った。主人の方がはるかにおとなしく、奥さんが勝気で、声も大きかった。娘が二人いて、一人は小学校、一人はまだ小さかったが、どちらも可愛いい顔立ちで、気立てもよかった。昌介は、あまり学校には出ず、この二階に閉じこもって、猛烈に読書をしたり、原稿を書いたりした。昼間でも雨戸をしめきって、スタンドの光で勉強したり、雨戸を細目にあけて、わずかに障子から明かりを入れたりもした。

あるとき、鶴村才次に呼ばれて、佐久子が小石川伝通院にある聖徳女学校受験のために、家庭教師をやってくれぬかと頼まれた。数学などはサッパリ不得手の昌介は辟易《へきえき》して辞退したが、佐久子は割合に数学はできるから、国語、作文、歴史、地理、その他、文科系統の方を見てもらえばよい、ぜひ、と、懇請されて、引きうけてしまった。その前から、すこしずつ、佐久子の美しさに心を惹かれるようになっていたので、そういうつながりのできることに胸ときめかせる気持も手伝っていたのである。昌介に頼んでほしいという希望は、佐久子自身から出されたと知って、さらに、昌介はうれしくてならなかった。そして、昌介と佐久子とは急速に近づいた。

佐久子の父鶴村才次は、M生命保険に勤めていたが、日露戦争の生き残りで、つねに、胸に傷痍軍人会の徽章をつけていた。さっぱりした気性で、碁が好きだったので、昌介もよく打った。どちらもヘボ碁である。快活な夫人は、若いころは美人であったことを偲ばせる容貌で、五、六人いた子供たちはみんな、男も女も色が白く整った顔立ちをしていた。佐久子はその長女である。

「辻さんのいうことを、よく聞くんだよ」

と、鶴村夫妻は、佐久子に笑いながら注意したが、そのとき、たしかに、都合では、娘と家庭教師に頼んだこの学生とを結婚させてもよいという暗黙の理解があったようである。辻を頼む前から、彼がよく勉強していることや、真面目で、飾り気がなく、子供や、犬猫などを可愛がり、親切で、愛情深い気質であることなどが、鶴村家では話題になっていたらしい。それから、ほとんど毎晩のように、鶴村家に出かけて行き、佐久子の受験勉強の課目を見てやる日がつづいた。それは佐久子に心惹かれるようになっていた昌介にとってかぎりない楽しみであったが、佐久子の方も、ただ、試験をパスする目的以外の気持で、家庭教師を迎えているようだった。佐久子はしだいに、アアネスト・ダウスンにとってのアデレイドになり、昌介のベアトリチェに替わっていった。

しかし、その恋の芽生えも、愛情の胸に秘め方も、表現の方法も、まったく稚《おさな》く、ぎごちなく、はがゆいほどのものだった。胸がドキドキし、顔は火照《ほて》り、言葉もみだれるほどだったのに、机の上に顔が近づくと、ハッとして両方から身体を引き、手がふれてもびっくりした。しかし、冬の日に、縁日などをいっしょに歩くときには、手をつないで行き、暗い道に来ると、一つのマントの中に肩を組みあって入って、頬をすりあい、陶酔感に我を忘れてさまよった。

試験が終わり、発表の日が来た。かなり競争率が高いので心配だった。二人で、小石川伝通院の女学校まで見に行った。合格していた。

「辻さんのおかげだわ」

といって、佐久子は泣いた。

佐久子が女学生になると、家庭教師の役もなくなった。出入りする理由が稀薄になったし、鶴村の家のすぐ前の長越家の二階で逢うのも、いろいろはばかりがあるので、昌介は下宿を替えることにした。そのころは、専門の学生下宿はもとより、いたるところに素人下宿があり、自分の好きな場所へいつでも自由に移ることができた。源兵衛にある浅江という家の二階借りをすると、そこへ、佐久子はよく遊びに来た。来ると、シャツや浴衣《ゆかた》などのよごれをかき集めて持って行き、つぎに来るとき、きれいに洗濯して来て、また、新しいよごれ物を持って帰った。浅江家に、同じ年ごろの肺病の娘がいたが、佐久子が来ると、妙にヒステリックな笑い声を立てて、わざと、大声で、

「辻さん、奥さんが来たわよ」

などと、どなった。

その後も、数回、下宿を替わったが、昌介と佐久子との仲は、いつまでも子供らしい、淡い関係で、外見上はすこしも進展しなかった。しかし、気持の上ではしだいに深く結ばれていて、言葉に出してこそいわなかったが、どちらもが結婚を考えていたことは、疑う余地がなかった。清

純な青春の幸福感と満足感とが昌介を有頂天にさせていた。この間に、昌介は予科から、本科に進み、二、三年が過ぎた。しかし、やはり、なにか、じれったくなり、自分たちの恋愛に一つの形をあたえて、決定的なものを味わいたい欲望がおさえきれなくなってきた。それは、あるいは、そのころ、佐藤春夫の「田園の憂鬱」を読んだ影響であったかも知れない。愛しあう二人の男女が、人里離れた場所に小さい家を一軒求めて、犬を飼って住む。すばらしいと、昌介は思った。

そこで、すでに、阿佐ヶ谷で、一軒持って夫婦生活をしていた山中清三郎に相談したところ、すぐに、成宗《なりむね》に空家のあることを知らせてくれた。六畳、四畳半、三畳の三間ある小さい平家で、竹林にかこまれた閑静な場所だった。さっそく、借りて入った。荷物といっては本だけで、あらたに、自炊に必要な世帯道具を買いととのえた。阿佐ヶ谷からトラックで運んだ。到着して荷物をとりかたづけていると、彼が可愛がっていた油屋質店の犬が、どうしてわかったのか、突然、庭に姿をあらわして、うれしげに尾をふり、昌介をおどろかせた。住むようになってから、猫を一匹飼った。ベルは、油屋に返した。竹林とコスモス畑にとりかこまれたガランとした家で、わびしい一人住居がはじまった。「街」や「聖杯」という同人雑誌をやっていた仲間たちが、ときどき、やって来たが、

「学生がたった一人で、自炊してるなんて、乱暴なことはじめたもんだね」

と、みんな、その無謀に呆れ顔だった。

しかし、昌介は、ニヤニヤ笑って、

「一人と思うのが、大まちがい」

などと、意味ありげな思わせぶりをいって、ひとりで悦に入っていた。

昌介は英文科二年になっていたし、佐久子は聖徳女学校をやがて卒業する。そしたら、この家に二人で住むのだ。その想像と期待は楽しいものだった。佐久子も引っ越し以来、よくこの家にやって来て、かいがいしく、洗濯やら掃除やら、食事の用事やらをしながら、

「いいわねえ。こんな静かなところに住めたら……」

と、なにかを考えているようなしんみりした面持で、呟いていた。そんな佐久子を、昌介は妻として眺めた。

奇妙なことに、ここまで来ていたのに、二人は愛の告白をしあったこともなく、結婚の約束をしなかった。昌介はそんな外見以上に、二人の気持は通じあっていると信じ、自分が学生の分際で、こんなところに、家を借りたのも、やがて、佐久子と二人で住むためだということは、彼女もわかっていてくれるにちがいないと信じきっていた。そして、ただ、佐久子が聖徳女学校を卒業する日を、ひたすら待ったのである。彼女の両親や、弟妹たちもその気になっているようであったし、昌介の両親の方も、佐久子となら反対はすまいと考えていた。

そのころ、小説は、「街」で、詩は「聖杯」で勉強していたが、アアネスト・ダウスンの譚詩《たんし》のほか、昌介が「聖杯」に発表した詩は、いずれも佐久子への惻隠《そくいん》の情を歌ったものであった。

青空を見つつ思う
はかなきはそのあまりなる青さかな
あまりに青ければわれは眼《まなこ》とじ

思えば君がひとみに一日うつりし青空の
こんぺきの光わが眼くらますかな
せんかたなくてわれは眼みひらき
青空を見つつ思う

ある日、君はかんざしを海におとせしが
そは銀の魚となりてわだつみに泳ぎいでしか
われはいくたびか獺《かわうそ》のごとくもぐりすめども
わがもとめるかんざしはあらじな
せめては夢にみんとて
日ぐれより寝《い》ねしはいくにち
みしはわが泥坊となりて
ひとのものとらんとするあさましき夢
あわれ夢のみはせんなし

あわれ君ゆえに
アカシアの葉かげにもの思う身とはなりぬ
熊襲《くまそ》タケルの裔《すえ》なる筑紫《つくし》のますらおの子が

このなやましくかなしき姿や
　あわれ君ゆえに
　こういう甘たるい抒情詩を、昌介は無数につくった。そのいくつかを「小曲断章」として、「聖杯」に発表した。佐久子にも見せた。佐久子は、「美しいわね」といって、意味ありげな、微笑を浮かべた。アアネスト・ダウスンの「失意の聖書」に随喜するような、ばかばかしくセンチメンタルな昌介の詩精神が、片方では、冷厳なマルキシズムにゆすぶられはじめながら、その矛盾になお想到せず、さらに、この詩と思想との問題も解決しないままに、佐久子との中途半端な恋にうつつを抜かしていたことは、たしかに、笑うべきであったにちがいない。少なくとも、結婚の問題は社会主義的な立場から考えなければならなかったのに、昌介の一切の言動は、まったく弁証法から遠い場所にあった。しかも、そのバラバラのものは青春の自由と情熱という一点で支えられ、統一されないままに、昌介を動かす重要な歯車になっていた。そして、現在の比重は、もっとも重く、佐久子との恋愛にかかっていたのである。
　その年の暮れ、昌介は盲腸炎で東京の病院に入院した。手術しなければいけないといわれたが、郷里の母が、腹を切るなら若松に帰って切ってくれというので、小康を得ると、迎えに来た辻組助役の渡辺宅一につれられて、帰郷した。そのとき、山中家で送別の宴を張ったが、若松港の沖仲仕である渡辺は、辻組の半纏姿でやって来て、山中夫婦をおどろかせたのである。帰郷すると、手術しないまま治《おさま》ってしまったが、医師から、静養を命ぜられたため、急に上京ができなかった。そのうちに、歳晩がおとずれ、正月となり、二月一日、福岡二十四連隊入営が近づいたので、上京の機を失してしまったのである。そして、兵営でいろいろな経験をし、軍曹から伍長に後戻りさせられるとともに、思いがけなく、芸者時奴と肉体関係が生じたのであった。さらに、除隊後は、印半纏を着て、現場に出、「芸術廃業」を宣言すると同時に、学生時代とは似ても似つかぬ「山上軍艦」のようなたけだけしい詩をつくって、新しい方向へ急速に傾斜したのである。それから、はじめての上京である。

20

昌介は、鶴村家に、三、四日、滞在した。

「あんまりびっくりさせないでね」

と、はじめは、彼の半纏姿に、つぶらな大きな瞳をクリクリさせた佐久子も、すぐに、よろこび打ちとけて、昔の思い出話などをしたがった。しばらく逢わないでいる間に、おどろくほど大人びていた。美しくもなっており、昌介は上京して来てよかったと思った。兵営にいる間も、文通はしていたが、やはり、通り一ぺんの通信で、ラヴ・レターといえるものではなかった。幾度となく、手紙で告白し、結婚を約束しようかという衝動に駆られはしたが、かえってこれまでの気持のつながりや、清純さを冒瀆《ぼうとく》する思いがして、とにかく、こんど逢ったときにと考えつづけてきたのである。

しかし、逢ってみると、すぐに切りだしかねた。佐久子は毎日学校に行くし、夕方はほとんど日が暮れてからしか帰って来ない。東京市内の全高女から選抜された選手のテニス試合があるとかで、彼女は優秀選手らしかった。スラリと均斉のとれた身体は、スポーツに鍛えられて、若鮎のように潑剌と躍動していた。色白の顔は陽に灼けてリンゴのように両頬がまっ赤になっていたが、それが別の魅力を発散していた。

「辻さん、テニス試合、見に来てね。あなたは野球の選手だったけど、あたしはテニス。あたし、学校でやった野球試合のとき、あなたの捕手《キャッチャー》ぶり、見に行ってあげたじゃないの。ねえ、見てよ」

身体をくねらせて、甘えるようにいう佐久子の言葉は、こころよく昌介の心臓をくすぐった。

昌介も、昼間は「仁王の森やん」と出歩き、またたく間に、二日は過ぎた。

三日目の夜、昌介は、ふっと眼がさめた。背筋がゾクゾクと寒かった。変な夢を見ていて、無意識にあばれたとみえ、掛け蒲団が遠くへ行っていた。鶴村家は玄関ともに、五間ほどしかないので、彼を泊めるために、佐久子と、妹美津子とは、自分たちの四畳半を提供して、玄関に寝ていた。深夜である。方々から、いろいろなイビキが聞こえていた。時計のセコンドをきざむ音が、いやに大きくひびいていた。どこかで犬が鳴いている。油屋質店のベルらしかった。あの犬は、引っ越しのとき、自分の跡を追って、早稲田から阿佐ヶ谷までも走って来た。なつけば、そんなにも慕うものかと思っていたのに、今度、二年ぶりで会ったところが、うさんくさい奴といわんばかりに、はげしく吠えたてた。半纏姿に吠えたのかも知れないが、とにかく、あまりよい気持ではなかった。「ベル、ベル」と、何回か呼んだのに、吠えやまなかった。しかし、まあ、畜生だから、しかたはない。昌介は、そんなことを考えて、苦笑しながら、便所に立った。足音を立てないように注意はしていたのだが、家が古いので、静かに歩こうとすればするほど、廊下がギスギスと鳴った。

「辻さん？」

と、奥座敷から、夫人の声がした。

「はあ」

「寒いのとちがいますか」

「いいえ」

「今夜は、妙に冷えるから、お風邪《かぜ》を引かないようにね」

「はい」

放尿しながら、昌介は軽い性欲を感じた。春から初夏にかけて、よくこういうことがあるのだが、いまは同じ屋根の下に、将来、妻となるべき女がいるので、そのフロイド的現象かも知れないと苦笑しながら、部屋に帰って来た。

蒲団にもぐりこもうとして、ふいに、昌介は眼をぎらつかせた。突然、彼の心に悪魔が飛びこんだのである。スタンドがつけてあったが、その光の中に、隅にある本箱が見えた。佐久子のと美津子のと二つならんでいた。昌介はそっと起きだすと、佐久子の本箱の抽匣《ひきだし》をあけた。ここへ、日記帳がしまってあることを知っていた。他人の秘密をうかがう罪悪感とともに、おさえがたい好奇心と期待との快感があった。佐久子の方は、日記など盗み見される心配はないと安心しきっていたものであろう。それだけ昌介の人格を信じていたわけであるが、昌介の方はいま破廉恥漢と成り下がっていたのである。耳をすますと、玄関の方からは、たしかに、特徴のある佐久子と美津子とのイビキの交響楽が聞こえる。さっき、夫人は足音に眼をさましただけで、起きているわけではない。昌介は、さらにはげしくなったうるさいベルの吠え声が、かえって煙幕になった思いで、そっと、日記帳をとりだした。音のしないように、ページをめくった。辻が来てからの日付のところを出した。不精なのか、佐久子の日記は、ほんのメモ帳程度で、その日の出来事が断片的に書きとどめてあるだけだった。「辻さん」という文字を見て、昌介はドキンとした。

「英国皇帝の御名代として、グロスター公参内、ガーター勲章捧呈式おこなわる」

などと書きだしてある五月三日の終わりのところに、

「テニス練習遅くなる。夕方になって帰宅したところ、辻さんがいらしたと聞く。びっくり。なにを考えての上京か。ハッピ姿であったとのこと、信じられず、(中略)

夜、辻さん、いらっしゃる。ほんとうに、ハッピ姿。悲し。話してみれば、昔の辻さん、やっぱり、なつかしい」

それから、二日ほどは、辻昌介にふれた部分がなく、聖徳女学校でのテニス試合についての記述がもっとも多かったが、五月五日、また、辻のことにふれていた。今夜、寝る前に書いたものらしい。

「辻さん、いつまでいるつもりか。早く帰ればいい。今日はお節句の休みなので、宗田さんにお逢いするつもりだったのに、それも駄目。いやになる」

昌介は、危うく日記帳をとり落とすところだった。ふるえる手で、あわてて、日記帳を抽匣に入れ、蒲団にもぐりこんだ。伍長に逆戻りさせられたよりも、メーデーの乱闘にまきこまれたよりも、巨大な打撃を受けた。いや、そんな事件に十数倍する決定的なショックであった。失恋したのである。青春の曲がり角から追いかえされた。大甘《おおあま》のお人よしであったことを、したたかに思い知らされた。昌介の清純なセンチメンタリズムが世間に通用しないことがわかった。人間を信じることも、愛情も、つながりも、時間や、環境や、条件によって支配され、どんなに確定的に見える関係でも、運命的な偶然が一瞬にして、変化せしめたり、破壊したりすることを知らなかったのは、愚直のきわみというべきであった。といって、佐久子を裏切り者ということもできない。結婚を約束したことはないのである。漠然とそれを考え、信じていただけの話だ。それでなくてさえ変わりやすい女心が、足かけ三年も逢わぬ間に、別の男へ移ったといって、これを不思議がる方がまちがいなのだ。それどころか自分はもっと大きな裏切りをやっているではないか。心に佐久子を描きながら、時奴と醜悪な関係を結んだ。自分をタナにあげて、佐久子を責めるのは、虫がよすぎる。そうか。それなら、それでよい。ハッキリわかってよかった。佐久子がよろこんで迎えてくれたかと思っていたら、迷惑だったのだ。一日も早く帰ってもらいたいのだ。佐久子はやっぱり半纏姿など好きではないのだ。宗田という男は何者か知らないが、新しい恋人にきまっている。そうか。そうだったのか。勝手にしやがれ。

昌介は奈落につき落とされた思いで、乱れに乱れた。頭をかかえ、芋虫のように、蒲団の上をころげまわった。それにしても、女というものは、あんな小娘でも、手練手管を心得ていると、昌介は不気味な思いがした。日記を見なかったならば、佐久子が自分を歓迎していると信じ、機会を見て、結婚問題を切りだすところだった。さすれば、拒否されるにきまっているし、恥の上塗りをするところだった。メーデーの乱闘のさなかで、ただ、佐久子の幻影によって救われたのに、実際は彼女は救い主ではなかった。昌介は、ふっと、昔つくった詩を思いだした。

わが恋はかなしとは
こざかしき陰陽師《おんみょうじ》のいえりしことなりしも
なにやらん気になり
こざかしき陰陽師奴《め》とは思えども
なにやらん気になり

「小曲断章」の一章である。二人で、一つマントにくるまって、縁日を歩いた夜、ひやかし半分に、路傍の易者に見てもらったところ、あまりよい占いをしなかったことがある。そのときつくった詩であった。しかし、そのとおりになったのだ。混乱してしまった昌介は、いまや、詩も、迷信も、唯物史観も、いっしょくたに、その小さな脳髄の中でこねくりかえしながら、いつか、いくらか涙を流していた。

「金色夜叉《こんじきやしゃ》」の間貫一《はざまかんいち》のようには、悲嘆し、絶望し、憤怒はしなかった。しかし、貫一が人間への復讐のために高利貸しになったように、昌介も、このとき、ハッキリと労働運動へのフンギリがついたのである。労働者の神聖なシンボルである半纏を軽蔑する者を敵と考えれば、佐久子も敵の一人になる。敵とは、闘わなければならない。しかし、勇ましく、そうこじつけてみても、胸の疼きはとれなかった。

翌朝、朝食のとき、

「今夜の汽車で、九州へ帰ろうと思いますから、朝ごはんをいただきましたら、失礼いたします。突然参りまして、長々と、お世話さまになりました」

と、鶴村夫妻にあいさつした。

「家は、いくんち、いらしてもかまいませんのよ。めったにおいでにならないんだから、ユックリなさったら？………」

政子夫人は、心からのようにそういった。M生命へ出勤する鶴村才次も、同じ意味のことをいって、長期滞在をすすめた。

聖徳女学校へ行く佐久子は、ラケットを磨いてサックに入れたり、ズックのカバンに、教科書や弁当をつっこんだりしていたが、ふくれ面をして、

「あらア、辻さん、もう、お帰りになるの？　まだ、いいじゃないの？　お母さんのいうように、ユックリなさいよ」

「いや、僕も大切な仕事があるんだ。今夜の急行に乗らんと、九州である会合に間に合わなくなるんだ。もう、逢えないかも知れないから、元気で暮らしたまえ」

「もう逢えないなんて、なにをおっしゃるの。ほんとに、もっといらっしゃいよ。あたし、今日は早く学校から帰って、いっしょに、久しぶりに縁日でも歩くわ。ね、いらしてね」

「駄目なんだ。そんなら、さよなら」

「そうお。残念ねえ、そんなら、近いうちに、また、上京していらっしゃい。待ってるわ。

「……じゃ」

玄関で靴をはきながらしゃべっていた佐久子は、元気よく手をふって、出て行った。そのニコニコ顔と、溌剌とした制服姿が美しく、昌介は、唇を噛んで、胸の痛みを忍耐した。行ってしまった、と、投げだされたような気持で、巨大なためいきをついた。それにしても、女の天性のコケット《（注 小悪魔）》はまことに薄気味が悪いと思った。佐久子の言葉や態度には、なにひとつ不自然なところがなかった。日記を読んでいなかったならば、その嘘に気づかない。しかし、佐久子の足音が、油屋質店と長越文具店との路地から消えたたとき、ふいに、昌介はひとつの直感にとらわれて愕然《がくぜん》とした。佐久子は、わざわざ、日記を見せるために、いつでも取りだせる場所に置いたのではないか。見せるために、とくに、ああいう文章を書いたのではないか。そして、今朝は昌介が見たことを確認して、あんな殊勝らしい台詞をいったのではないか。とどまるはずはないと確信して、とめてみたのだ。きっとそうにちがいない。

昌介は呆れるよりも、ある恐れのために、身体がふるえる思いだった。かつて、厚化粧をし、お座敷衣裳を着て、兵営に面会にきた時奴を、辟易した昌介が、嫌悪したように、労働者のシンボルかなにか知らないが、うすぎたない半纏姿で上京してきた昌介を、辟易した佐久子が、忌避したのだ。盲点があって、歯車が食いちがっている。この運命的な溝を埋めるものは、革命の成功以外にない。その論理の飛躍に気づく前に、強烈な鎮痛剤を必要としていたので、いまは、それを考えることによって、昌介はようやく耐えることができた。

「辻さんは、文学をやめたんですか」

と、鶴村が、いくらか非難する語調をふくめて訊いた。

「やめました」

「どうして？」

「ほかに、やるべき、もっと大切なことがあることがわかりましたから……」

「惜しいなあ。あなたは、学生時代は、だれよりも……」

「いいえ、もう、昔のことはいいんです。では、僕も、これで失礼します」

「そんなら、そこまで、いっしょに出ましょう」

昌介は、鶴村家の人々に別れを告げて、才次と早稲田の電車終点に出た。さまざまの思い出に満たされた場所を抜けながら、もう二度と、この界隈に来ることはあるまいと思った。早大グラウンドでは、六大学リーグ戦に備えて、朝早くから練習がおこなわれているらしく、コーン、コーンと、バットに硬球のあたる爽快な音がしていた。よく晴れあがった青空に、打ちあげられた白いボールがグングンと吸いこまれて行く。出勤する人たちのラッシュは凄かった。爽快な五月の朝だった。ただ、昌介だけの心と足とが重かった。鶴村才次とも、これ以上、同道するのがつらかったので、同じ方角であったけれども、電車を別にした。

辻昌介が、一週間ほどの東京滞在中に、なんらかの意味で、彼なりの教訓を得た三つの経験の二つは、メーデーの乱闘と、鶴村佐久子への失恋である。最後の一つは、共産党の神秘性であった。

鶴村家から神田の宿に帰ったつぎの日、東京がはじめての安井森吉をつれて、上野公園に行った。西郷隆盛の銅像を見て、博物館、美術館に回った。「仁王の森やん」はニヤニヤ笑いながら、昌介が大学時代の恋人のところに潜伏していたときの話を聞きたがった。

「だれがそんなこと、いうたのかね」

「月原準一郎さんから聞きました。若オヤジ、一の子分のおれに、未来の奥さんを紹介してくれても、ええじゃないか」

「準ちゃんのデマじゃよ。昔、世話になった大学の先生のところに泊まっとったんじゃ。そんな女がおったら、お前に隠すはずはないじゃないか」

実際、昌介も、佐久子とハッキリ結婚の約束をしたら、突然、安井の前に二人であらわれ、

「おい、森やん、これがおれの女房だよ」

といって、びっくりさせてやりたいプランはあったのである。

宏壮な上野美術館は、若松の石炭屋佐藤慶太郎氏が寄贈したものだと説明してやると、森やんは、持ち前の大きな眼をギョロギョロさせて、心からおどろいたようだった。

「へえェ、ポンと百万円投げだして、こんなデカイもんをなア。若松にも、昔はえらい石炭商がおったんじゃなア。じゃが、いまの石炭屋ときたら、ゴンゾ（沖仲仕）を搾りあげるばっかりが能や。そして、その搾りあげた銭で、なにをするかといやア、御殿のような自分の家を建てたり、芸者狂いをしたり、妾を何人も囲うたり、競馬やら、株やら、贅沢三昧《ぜいたくざんまい》のことに、捨てとるんじゃ。おれたち石炭仲仕は、まるで乞食じゃないか」

「それで、どうしても、沖仲仕の組合をつくる必要があるんじゃよ」

「曾我さんも、同じことをいいよったなア。ほんとうかも知れん。よう考えてみよう」

動物園に入った。子供になったような気持で、ライオンや、白熊や、キリンや、象の間を歩いていると、一人の年とった園丁がやって来て、

「辻昌介さんというのは、あなたですか」

「はあ、僕、辻昌介ですが……」

「これを……」

園丁は、矢文に結んだ小さい紙片をさしだした。

「だれが?」

「知りません。私が、掃除をしていましたら、若い女の人が、これを、あなたに渡してもらいたい、とだけ申されまして……」

昌介は、小首をひねりながら、それを受けとって開いた。

鉛筆の走り書きで、

「沖仲仕ノ組合、ソノ他、若松デノ一切ハ、曾我勇二ノ指示ヲ仰ゲ」

それだけが書いてあった。

直感的に、共産党の地下からの連絡だと知った。やっぱり、曾我がオルグだということもわかった。昌介はにわかに緊張した。全身が強《こわ》ばる感じがした。これまで、なんとかして、共産党とつながりを持ちたいと考えていたのに、その方法がなかった。方法を知らなかった。曾我勇二もまだ謎の人物であった。しかし、いま、唐突に、それが実現したのである。この秘密文書は一枚のちっぽけな紙片にすぎないけれども、この紙片から、まっすぐに、地下にある巨大で神秘な

党がつながっているのである。昌介はふるえる心地がした。これまでは、下関駅でのように、特高に不審訊問されても、恐れるところなく申し開きができたが、これからはそうでなくなる。昌介は、自分がまったくの別の人間に変形した思いになった。急に、不安になると同時に、えらくなった気持もした。同時に、冷血で好色な破廉恥漢と考えていた曾我勇二が、一瞬に、偉大な存在となって、昌介の上にそびえ立った。真に、ここに、この瞬間から、新しい青春の路が、的確に拓けたのである。

「若オヤジ、どげんしたとな？　妙ちきりんな顔をして……」

「なんでもないわい」

赤ぎらいの森やんに、まだ、知らせてはならなかった。あわてて、その紙片を、ポケットにねじこんだ。便所を探し、したくもないのに、大便所の方に入ると、コナゴナに引き裂いて、糞尿の中へ散らした。にわかに、自分もひとかどの闘士になったような矜持《きょうじ》がわいて、そのひそかな快感にしばらく浸った。秘密と神秘の持つ魅力のきざしに、そのとき、昌介はとらわれたのである。便所の外には、すでに彼を逮捕しようと見張っている犬たちの眼が光っているような気がしてきた。追う者と追われる者、弾圧と牢獄と死とにつながる。その追跡者の眼をくらますスリル、それはヒロイズムにつながる生理的な感覚のようにも思われた。一枚の紙片が、こんなにも唐突に、自分を変革した魔力に、われながら、おどろきながら、昌介は、もはや、警戒者の姿勢で便所を出た。

「仁王の森やん」が欠伸《あくび》しながら、白熊を眺めていたが、

「若オヤジ、長いなあ。腹くだしでもしとるじゃないいな?」

と、笑った。

「ううん、なんでもない」

そう答えたあとで、ひやりとした。そんなに長くいたのかと、時間の長短を忘れるほど、興奮していた自分がおかしかった。変だった。こんなことではいけないぞとも思った。

どこにも敵の眼はなく、五月の動物園は明るくのどかだった。しかし、敵よりも、味方の党の眼が、どこからか常に光っているのだと、今度はそれが不気味になった。

21

昭和四年が過ぎ、五年が来ても、若松港には顕著な変化は認められなかった。ただ、深刻な不景気が石炭界をはじめとして、あらゆる方面を襲い、そのあおりが沖仲仕たちをいくらか動揺させていた。この不景気は、昭和四年(一九二九年)十月、アメリカの株式取引所の恐慌をきっかけにしておこったものなので、世界的規模を持っていた。日本では、すでに、民政党浜口内閣のデフレ政策によって、都市も農村も深刻な不景気に見舞われていたので、世界恐慌の余波を受けると、どこの工場、鉱山でも、賃下げ、首きりがおこなわれ、日本中にストライキの波が高まった。にもかかわらず、失業者が貧民救助の一杯のスープをもとめて、長い行列をつくっているとき、片方では、莫大な小麦が焼きすてられるというような現象がおこって、資本主義経済の矛盾が露呈されたようであった。生産はあらゆる面で低下した。労働争議は、昭和四年、千四百二十件、五年、二千二百九十四件、六年、二千四百十五件という統計を示した。階級闘争の波は怒濤となり、海嘯《つなみ》となり、嵐を呼ぶ観があったのである。

こういう中でも、若松港の仲仕たちは、相変わらず、酒とバクチとに明け暮れて、立ちあがる気配をしめさなかった。まるで、エア・ポケットのように、若松は特別地帯としての性格を裏づけにして、静まりかえっていた。洞海湾を挟んで、半島のように突き出ている若松は、ある意味では、孤立した一個の島といってよく、このため、対岸の八幡、戸畑、小倉などとは、まるでちがった性格を有していた。西部劇の変形版のように、暴力が決定的な支配力を持つ封建性の牙城ということもできる。しかも、当時、わが党政府であった民政党の金城湯池《きんじょうとうち》で、豊島大作代議士をはじめ、名だたる大ボス、中ボス、小ボスたちが、政治も、経済も、その中枢をしっかりと握りしめていたのである。彼らは石炭資本家の側につき、

「仲仕なんかに、グズッともいわせはしませんよ」

とそれを自慢にしていた。実際に、業績も示したため、かつて、若松港には、どんなに賃銀が安くても、争議のあったためしがないのである。賃銀の値上げも値下げも、まったく、上からのお仕着せで、軍隊ではないが、「上官ノ命令ハソノ事ノ如何ヲ問ワズ、抗抵干犯《コウテイカンパン》ノ所為アルベカラズ」と、寸分、異なるところがなかった。いかに、辻昌介が焦ってみても、こういう強圧の中で、意識の低い仲仕たちを動かすことは、容易な業ではなかった。よほどのなにかのきっかけでもなければ、沖仲仕の組合をつくり、争議へ盛りあげることは不可能に近かった。しかも、そのため

には、ただちに、生命の危険を覚悟しなければならないのである。

「どうも、あいつ、うるさいな」

と、大ボスの眼光がキラッと妖《あや》しくひらめくと、その睨まれた人間は、あまり遠くないうちに、屍体になっていることはありがちであった。斬った張ったは、ほとんど日常茶飯事である。うっかり盲動はできないのだ。

昌介は、東京の上野動物園で、党の指令を受けとって以来、曾我勇二を相談相手にしようと思い定めていたのに、その曾我自身が、ひどく頼りにならなかった。東京から帰っても、相変わらず、「御乱行」をつづけるばかりか、ときに、沖仲仕組合の話を持ちかけても、

「辻さん、あんた、この街がどんな街か、よう知っとるでしょうが。命あっての物種、危ないことには近づかんにかぎる」

と、まじめに聞こうともせず、茶化して逃げてしまうのだった。

ある日、二人だけのとき、切迫したようすで、

「曾我さんは、党と関係があるんじゃないですか」

と、問いただしてみた。

すると、曾我は、六角形の顔に、さも恐ろしげな表情を浮かべて、亀の子のように、首をすぼめ、

「ブルブルブル、滅相もないことをいって下さるな。こっちが身ぶるいが出る。私は、トウはトウでも、放蕩の方ですよ。以後、そんないいがかりはつけてもらいたくないですな」

「曾我さん、ほんとうのことをいって下さい。僕は、真剣なんじゃ」

「ほんとうも、嘘も、まるきり、思いがけもないことですよ。そりゃあ、私も労働者の味方です。社会主義者です。それは、隠しません。でも、共産党とは、なんの関係もない」

「沖仲仕労働組合をつくることで、相談に乗っていただきたいんですが、……」

「だから、そんな危ないことは止《よ》しなさいというとるんですよ。私は命が惜しいんですからな」

「あなたは、メーデーに上京するとき、関門連絡船のうえで、うちの安井森吉に、労働組合をつくることをすすめていたではありませんか」

「それは、すすめました。組合があるに越したことはないし、なけりゃいけんです。だから、話のついでに、安井さんに、それをすすめたけんど、自発的につくるようにいったわけで、なにも私が乗りだすつもりはなかった。私はいやですよ。怖いですよ。あんたもいらんオセッカイをせんで、仲仕たちが、自分でつくる機運になるのを待つがええですよ」

昌介は、この謎をどう解いたらよいかわからなかった。不可解である。曾我勇二の役者が、一枚も二枚も上手《うわて》のようだ。昌介はあまり策謀をたくましくすることは好きでないので、必要な秘密は守り、ある程度の策略は用いるが、詐術に類することは性に合わなかった。しかし、偉大なる思想と、神聖な理想との達成のためには、複雑怪奇なカムフラージュが必要なのか。深謀遠慮が必要なのか。それとも、曾我が自分を疑い警戒しているのか。さすれば、動物園での指令は、なんのためか。昌介はわからなくなる。はがゆい。にもかかわらず、底知れぬ神秘の魅力をなおも感じて、やはり、曾我をこれからの支柱とする気持は抜けないのだった。

「辻さん、まあ、文学をやっとる方が無難ですよ。芸術運動は、合法的だから、この節、非合法には近づかんにかざる。私も、詩をつくって、『ナップ』にでも投稿するつもりですよ。あなたは、小説でも書いたら、ええ。元来が文科なんだから……」

「いまさら、文学を、やりたくはないんです。なんとかして、組合をつくって……」

「わからん人じゃなあ。あなた、もう、狙われとるのに気がつかんとですか。豊島親分やら、大同組の南条親分やらが——どうも、辻安太郎の伜は、危険思想を持っとるごとある。あんまり、うるさく、港をかきみだすつもりなら、かたづけるがええ。……と、話しあっとるということですよ。犬死はばからしいよ。ま、文学、文学」

昌介は、曾我の真意を見抜こうと、どんな小さな表情の変化も、言葉のはしばしにも鋭い注意を怠らなかったが、彼の言動は、どちらにも解釈のつく曖昧なもので、いささか、神経がいらだった。いまは、組合結成をやる時期ではない。まだ、先にチャンスがある。それまで待った方がよいという意味にもとれる。無知な労働者などには、噛んでふくめるように諄々と説明するのだが、インテリの昌介には、そんな含みを持たせているのかも知れなかった。昌介は、いまは曾我をオルグと決めることによってしか前進はないと思い、そこから一切の解釈を引きだすようにしようと考えた。

曾我からいわれるまでもなく、プロレタリア芸術運動の方には、深い関心を持っていた。自分でやろうとは思わなかったが、左翼作家の書く作品には注意を怠らなかった。三・一五、四・一六、その他、しばしばおこなわれる共産党弾圧にもかかわらず、「戦旗」をはじめ、「文芸戦線」「プロレタリア文学」などの雑誌は刊行され、「改造」「中央公論」などの総合雑誌にも、左翼作家の作品が多く掲載された。

「ナップ」（全日本無産者芸術連盟）の機関誌「ナップ」は、昭和五年九月に創刊された。左翼陣営内では、さかんに理論闘争がくりかえされ、離合集散は常なかったとしても、プロレタリア芸術運動は活気を呈していた。こういう時期に、小林多喜二の「不在地主」「工場細胞」「東倶知安行」「オルグ」、村山知義の「暴力団記」、武田麟太郎の「脈打つ血行」、中野重治の「砂糖の話」「夜明け前のさよなら」、立野信之の「貧農」、徳永直の「太陽のない街」、佐多稲子の「レストラン洛陽」、平林たい子の「敷設列車」等の作品が、さまざまの形で発表されたり出版されたりしており、評論の面でも、蔵原惟人がいくつもの名を使って、活発に、指導理論を展開したほか、青野季吉、小宮山明敏、山田清三郎、平林初之輔などが堂々とその所信を披瀝していた。演劇映画面での活躍も目ざましかった。このため、ブルジョア作家の側から、「花園を荒す者は誰だ」というような抗議が出たほどである。

昌介が「芸術廃業」を宣言して、これまでの文学書を全部売りはらったあと、ふたたび本箱を埋めたのは、すべて赤い本ばかりであったが、昌介としては自分はプロレタリア文学をやる意志はなく、もっぱら、直接の対象である沖仲仕の生活の改善が目的であったのである。しかし、焦ってはいけない、時期を待たねばしかたがない、と、昌介も考えるようになった。そして、やっと、昭和六年に入ってから、三菱炭積機建設反対がきっかけとなって、若松港沖仲仕労働組合結成にまで漕ぎつけたわけであるが、それまでに、曾我勇二と昌介との間に、女の問題による生活上の変化がおこっていた。

昭和五年におこなわれた若松市会議員選挙に、曾我勇二は、立候補した。

当時、「民政党にあらずんば人にあらず」といわれた若松は、豊島代議士を頂点とする強い勢力によって、おおいつくされていたのであるが、これに、辻安太郎、山下敬五郎、春田雲井、立川新吾などが、正面から対立していた。かつて、代議士に当選したこともある岩崎善光を、長にいただく政友会の力が弱く、辻安太郎を中心とする中立連盟が、もっとも、果敢に、民政党勢力に拮抗して屈しなかった。このため、安太郎は、幾度となく暴漢に襲われ、一度は、抜刀した十数人のならず者に包囲されて、民政党入党を強要されたこともある。しかし、安太郎は、殺されても入党しないといって、これを拒絶した。

ある日、父から、

「曾我勇二君が、中立連盟から立候補してくれることになったよ」

と、聞かされたのである。

昌介は、ちょっと意外だったので、どういうつながりで、そうなったかと訊いてみた。

「前から、若うてしっかりした青年を味方に欲しいと思うとったんじゃ。なにしろ、相手は豊島天皇といわれる大勢力じゃけなぁ。曾我君はまだ二十七じゃし、頭もええし、腕力も強いし、実行力もある。山下敬五郎君の家を設計した因縁で、山下君がすすめてみたら、立候補する気になったらしい。お前も応援してやって、ぜひ曾我君を当選させてやってくれよ。お父さんの方は、たくさん人がおるけ、かまわん。曾我君が当選してくれたら、中立連盟も筋金が入る。鬼に金棒じゃ。では、頼むぞ」

「はあ、出来るだけやりましょう」

そうは答えたものの、昌介は、またも、曾我の行動に首をひねらざるを得なかった。父も、母も、共産党ぎらいであるから、曾我の正体を知った上でのことではないにきまっている。普通人として見れば、苦味ばしった六角形の顔で、肩幅のひろいガッチリした体格の曾我は、見ただけで信頼感をおこさせるところがある。弁舌はさわやかとはいえないが、ポツリポツリと、噛んでふくめるように、順序を立てて話す話しぶりは、重厚で、説得力の強さを示している。山下敬五郎や、辻安太郎が、味方にすれば力になる人物と考えたのは無理もない。しかし、共産党のオルグが市議会の席を得て、どうしようというのであろうか。党からの指令であろうか。

ある夜、「鈴春」で飲んだとき、それを率直に訊いてみた。

「辻さん、世の中は、まず、近くからよくして行く必要がありますよ。世界を理想社会にするのは最後の目的だが、革命は一挙にはおこなわれん。日本はロシアとは国情がちがうから、ソビエートをそのまま真似しても、現実と遊離する。ええですか。ここですよ。私らの身辺は汚濁に満ちとる。若松には白色テロルがはびこっとる。まず、若松の革命をおこすことが必要です。民政党の暴力政治を征伐することが、ただちに市民の幸福になる。このことは、ひいては、沖仲仕労働組合をつくる間接の、しかし、強い力になる。わかるでしょう？　仲仕をおさえているものは、民政党のボスたちだし、彼らはそのまま石炭資本家につながっている。彼らを挫かずして、仲仕の解放はなく、組合の結成もありません。私は焦らずに、根源から衝《つ》いて行こうと考えとるわけです」

曾我の論理はいかにも筋だっているようだが、重大な点にドグマがあると、昌介は思った。あるいは、そのドグマは彼の言葉の綾《あや》で、その矛盾を知りつくしていながら、とぼけているのかも知れないのである。曾我勇二が市会議員に当選することと、沖仲仕労働組合結成とがそんなに簡単につながるはずはないのである。しかし、考えられないことではないし、考えようではつながった上に、効果や成果も期待できそうな気もする。曾我の得意の深謀遠慮のようでもある。よし、ともかくも、曾我を応援して当選させようと、昌介は思い定めた。曾我に翻弄され、思う壺にはまったようでもあるが、曾我とは常に密接な連繋をとっていなければならない。また、これがきっかけで、組合結成が促進されるとすれば収穫だ。曾我の人物や言動には多大の疑問を持っているとしても、オルグとしての接触は別の問題だ。そう決心すると、昌介は積極的に参謀を引きうけることを申し出た。当時、満二十五歳にならないと選挙権がなかったので、選挙事務長には、ロボットとして、木元仙太郎という老人を頼み、実際の活動は選挙権のない連中ばかりがやることになった。

曾我を中心に、にわか仕立ての若松市政刷新連盟を結成した。「曾我勇二の宣誓」と題し、声明や綱領のほか、絵や詩や物語を入れた、風変わりな十六ページのパンフレットをつくって配布した。

「やっぱ、お前たちのすることは、変わっちょるのう」

と、安太郎は、そのパンフレットを見て、満足そうにいった。

「絶対、当選させてみせますよ」

と、もはや、昌介も通俗的な選挙参謀だった。

「百五十票じゃ危ないが、百六十票あったらあがれるけ、がんばってくれ」

「曾我さんは、最低二百はまちがいないといっています」

「それはいかん。選挙は楽観が禁物じゃ。いつでも、最悪の予想をしとらんと、アテがはずれるぞ」

「兄さん、あたしも、曾我さんの応援演説に出るのよ」

と、かたわらから、妹菊江がいった。

「そんなトンピン（注　興奮してはしゃぐこと）つかんで、女は引っこんどれよ」

「いいえ、引っこんどらんわ。どうしても曾我さんに当選してもらわねばならんし、兄さんたちよりも女弁士の方が人気があるのよ」

「こいつ、しょってやがる。そんなこといって、お前、演説できるのか」

「兄さんぐらいはね」

「なるほど、その度胸なら、演壇に立てるじゃろう。女に選挙権が出来る時代が来たら、お前が、立候補するとええよ」

「するわよ。だいたい、男の政治家はエゴイストばかりだから、女がたくさん出て粛清せんといかんわ」

「すげえ鼻息じゃ」

それでみんな笑ってしまったが、そのときは、うかつにも、まだ、昌介は、曾我と妹との深い関係に気づいていなかった。父も知らなかった。

浜の町に設けた曾我の選挙事務所には、しきりに、若松警察署の特高巡査が出入りするようになった。毎日といってよかった。私服で、二、三人が入れかわり立ちかわりあらわれては、うさんくさげに、なにかを嗅ぎだそうとしてたが、度重なると、顔見知りにもなり、しまいには、友達のようになった。特高にもいろいろな人間がいて、横柄で、いやな感じをあたえる大野武雄、気さくで、いっもゲラゲラ笑っている、チョビ髭を生やした松藤文一、ズングリとして、愛嬌のない、色黒の大岡善造など、ときには、いっしょに酒を飲んだりする仲になった。しかし、そういうときには、彼らは常に探りを入れているので、うっかり気は許せなかった。

「曾我君の一党は、まるで、青春党じゃなかかね。選挙権のあるのは候補者だけで、あとは、辻君をはじめ、みんな選挙権なしの若人ばっかり、おまけに、紅一点、辻君の妹さんがまじっとる。まったく、潑剌たる若松青春党じゃ」

そういって、松藤はゲラゲラ笑ったが、聞きようでは、若松共産党ではないか、と皮肉をいっているようでもあった。実際に、事務所に集まっていた種田安夫、佐野二郎、縄島新作、岩村邦次、などの若い連中は、ことごとく左翼青年ばかりであった。

五月中、はげしい選挙戦が展開されたが、いよいよ、三十日投票、三十一日、公会堂で、早朝から開票された。民政党は十七名立候補されていたが、一人残らず当選、政友会は七名、中立連盟は六名、合計三十名の新議員が選出された。社会民衆党は二人とも落選した。曾我勇二も九十三票で落選した。つまり、民政党の完全な勝利に終わったのである。

明治町の角にある速報板の前で、落ちた春田雲井が、悲嘆の涙をほとばしらせながら、街頭演説をしていた。

「今度の選挙は、やりなおし。こんな不正な選挙で当選した者が、市民の選良といえるか。民政党候補の票は、全部、無効じゃ。買収、饗応、因縁情実、戸別訪問、利益誘導、おまけに、恐喝、強要した票ばかり、神に恥じざる票が一票でもあるか。市民諸君、春田は情けない。諸君はいつまでこの若松を、愛する郷土を、暗黒のままで置いとくというのか」

「泣き言いうな、見苦しいど」

群集の中からどなる者があって、どっと笑い声がおこった。

昌介は、曾我や、若い連中と相談して、「落選御礼・九十三票獲得感謝演説会」を計画した。民政党候補の選挙違反を、徹底的に暴露しようというプランだった。会場も借り、ポスターまで印刷した。ところが、それは警察署から禁止された。

「あんたたちのためを思って止めたとばい。あんたたちの方が正しかし、気持はようわかっとるばって、そんな演説会ば、したら、命がなんぼあっても足りゃせん。若松は特種な暴力キングダムじゃけんな。ま、耐《こら》えるところは耐えとくもんたい」

福岡生まれの松藤特高は、博多弁まるだしで、そうたしなめるようにいってから、また、ゲラゲラと笑った。

その年の夏、昌介は三週間の演習召集を受けた。現役は福岡二十四連隊であったが、連隊区は小倉であったので、北方《きたがた》の十四連隊に入隊した。伍長であった。現役時代の戦友は、河野光雄、新地義親などをはじめとして、みんな曹長から少尉に任官していたので、知った顔はいなかった。優秀な小隊長候補と、われ人ともに許していながら、伍長になって悲嘆にくれた風谷栄次郎も、連隊区がちがうので来ていなかった。炎暑の下の訓練は猛烈で、昌介はクタクタになった。

ある日、曾我勇二が面会に来た。会ったとたんに、汗をふく間もなく、

「じつは、妹さんと結婚したいんですが、……」

と、切りだした。

あまり唐突だったので、昌介はすぐには返事が出なかったが、曾我の態度には、依頼しているというよりも、報告に来たといったような、厚ぼったいゆとりがあった。確信にあふれていて、反対はさせない、いや、できないはずだと、いかつい六角形の顔と、ひろい肩幅とで宣言しているようでもあった。

しかし、昌介は、この結婚に、すぐに賛同はできなかった。「御乱行」の張本人であり、継母を階段から突き落とした上、馬乗りになってなぐるような冷血漢、トリッペルも、軟性下疳も経験ずみで、それを男の紋章として自慢している、そんな男と結婚して、妹がはたして幸福になれるだろうか。しかし、このときになって、昌介ははじめて、菊江と曾我とが、彼が知らない前から、恋愛関係を結んでいたらしいことに気づいたのである。そう思えば思いあたる節《ふし》がある。文学の蔵書を全部売りはらったあと、代わりに赤の本が本箱を埋めはじめたら、久しぶりに、博多の筑

紫女学院から帰省した妹が、それを見て、妖しく眼を光らせた。そして、いった。

「兄さん、よっぽど上手にやらんといけんよ」

そのとき、息をのんだ昌介は、菊江の顔をマジマジと見た。妹が先に赤化していようとは夢想もしていなかったからである。マルキストの恋人でもできたのかと思った。しかし、そのときは、妹が言葉をにごしてしまったので、ウヤムヤになったのだが、その恋人というのがほかならぬ曾我勇二だったのだと、いま、昌介は霹靂のように感じとったのである。頭が疼いた。菊江は、曾我のどこに惚れたのか。思想で共鳴した赤い恋か。もし二人が結婚したら、自分は曾我と義兄弟になる。党のオルグとして密接に連繋しようと考え、市議選にも積極的に応援したのであったが、いま、突然、曾我と兄弟となる立場が生じてみると、昌介の心は躊躇していた。つながらなければならない気持と、つながりたくない気持と、この二つに、これまでも苦しんできたのに、菊江と結婚するとすれば、いやでも深いつながりができる。それが決定的のように思われたとき、ふいに、錯乱した昌介の心に、つながりたくない気持の方が、入道雲のように、拡大して突き立った。

「曾我さん、菊江は駄目じゃよ。あんたの女房になる資格はない。相手にせんで、放りだしてくれんですか」

「そんなこたないです。私はこの結婚で、新生面を拓きたいと考えとるんです。それで、なるべく早く、式を挙げたいのですよ」

「やめて下さい。ほかに、あんたにふさわしい、もっとええ奥さんが、おりますよ。なんなら、世話してあげてもええ」

「じつは、菊江さんも、いっしょに来とるとですよ」

そういって、曾我が名を呼ぶと、菊江が面会所に入って来た。日ごろのお転婆に似あわず、いやに神妙な顔つきをしている。浴衣に博多帯を締め、絵日傘を手に持っていたが、昌介はその腹部を見て、眼をみはった。どんなに隠したところで妊娠五ヵ月以下でないことは、ひと目でわかった。

23

秋になって、すさまじい台風が北九州を吹き荒れた。雨と、風と、雷鳴とが、洞海湾の上を掩いつくし、つながれた機帆船ははげしくぶつかりあって、その数隻が破壊された。岸壁にひしめきあっていた各組の大小伝馬船も、大破したり、小破したり、纜綱《ともづな》が切れて流されたりした。昌介は、辻組の小方たちと、連合組事務所前の海岸に出て、船をまもった。といっても、嵐にもみくちゃにされる伝馬船をどうしようもなく、ただ、流されないように監視しているだけが関の山だった。防水マントにつつまれてはいたが、吹きつける雨は容赦なく全身を濡らして、寒さでふるえあがった。

「若オヤジ、詰所に入っときなさい。ここは、おれたちで守っとるけ」

「仁王の森やん」が、気づかってそういったけれども、昌介は動かなかった。日ごろから、自分だけ、ぬくぬくとしているのではなく、万事、仲仕たちと行動をともにしていなければならないと考えていたし、運動で鍛えた身体は、彼らに劣らず頑健で、嵐もそんなには応えなかった。同時に、またも、昌介の脳裡に、日出生台行軍の苦難の経験がよみがえる。意志と勇気と冒険と——それが、いま、もっとも意義をもって生きる瞬間にきているのだ。労働組合結成にこぎつけるために、仲仕たちに対して必要なものは、理論や、命令ではなく、人間的な信頼感だった。単純な仲仕たちに、信頼感を植えつけるには、彼らと同じ地点にいて、彼らと同じ行動をとることが、もっとも端的であり、効果的であった。昌介は、いつか、戦略戦術的になっていた。しかし、気質としても、そういう行動をとることは自然であったし、格別、わざとらしくも見えなかった。

どの組からも、警戒員が出張っていた。数十隻の伝馬船をまもって、大勢の仲仕たちは緊張していた。こういう日は荷役はできない。港内に、何隻も石炭荷役を待っている汽船が停泊していたが、いずれも休業したまま、赤腹を見せて大きく波にゆれうごいていた。

しかし、仲仕たちの視線は期せずして、対岸の炭積機にそそがれる。

「あのホイストがひっくりかえりゃ、ええのう」

「トランスポーターが曲がってしまや、一、二ヵ月は使えんごとなるんじゃが……」

「鉄じゃけ、少々の風じゃあ、なんのこたないわい」

「こっちの伝馬船は破れてもええけ、もっと、はげしう吹け。炭積機はみんな、ぶちこわしてしまえ」

「ポンツウンや、ローダーを沈めてしまえ」

しかし、こういう仲仕たちの念願がかなえられたためしは、一度もない。たとえ、風速三十メートル以上の突風が吹いたところで、大地にガッシリと組みたてられた鋼鉄の石炭積込機械は、ビクともしないのである。まるで、まっ黒い巨大な昆虫のように、多くの炭積機は、嵐の中に、平然と突ったって、石炭仲仕たちを嘲笑しているかのようだった。

「あんなに、たくさん機械があるのに、また、三菱が炭積機をつくりやがるちゅうのか」

仲仕の血をすする鉄の昆虫を睥睨《へいげい》しながら、安井森吉が、憎々しげに吐きだした。仲間うちでは格段にたくましく、仁王の称を持っている森吉は、それに対抗するかのように胸を張り、肩を怒らして、岸壁に立つ。その姿は際立って勇ましく、銅像にでもしておきたいようであるが、そびえたつ炭積機にくらべると、おかしいほど小さく、みすぼらしかった。どんなに景気のよい啖呵を切り、どんなに勇壮に、炭積機に突進して行ったところで、安井森吉に勝ち味がないことはだれの眼にも明らかだった。それは風車を怪物と観じて、槍をしごいて突っかかり、馬もろともに転倒したドン・キホーテよりも、まだ、みじめで滑稽であるにちがいなかった。

しかし、昌介は、森吉の怒りを正当と思い、その怒りが瞬間の気まぐれとして消えないようにしなければならないと思った。また、それが森吉一人の感想でなく、仲仕全部に共通したものであって、それが恒常的なヒューマニズムの火となって燃え、資本家と労働者との搾取関係への理解となり、団結の必要に対する認識となり、階級闘争を展開する情熱とならなければならない、と思った。酒とバクチと女とに惑溺《わくでき》する、意識の低い、というより、ほとんどない仲仕たちを、組合結成と闘争とへみちびいて行くには、なにかよほどのキッカケがなければならないと考えていたが、そのキッカケは、この、三菱の新しい炭積機建設計画だと考えた。仕事を奪う炭積機に対する仲仕たちの恨みは深いのである。

森吉の声に答えて、羽山組の助役《ボーシン》堺英吉も、

「おれも、聞いたよ。戸畑の新川につくるらしゅうて、もう設計も地ならしも、すんどるちゅうこっちゃ」

と、はがゆそうに、相槌《あいづち》を打っていた。

「新川ちゅうと、貝島の機械のあるところじゃないか」

「あの隣らしいど」

「二つならぶのか、畜生」

「貝島も、もう一つつくるとかいう話も聞いた」

「これ以上、炭積機ができたら、仲仕はあがったりじゃ」

「ゴンゾがのたれ死にしたって、資本家はなんとも思うとりゃせんよ。それでなくてさえ、この不景気で、おカユをすするのがやっとこさなのに、資本家は、まだ、労働者《はたらきど》をあぶってたたこうとする。じゃが、おれたちはいつでも、どげなひどいことされても泣き寝入り、まるで、虫ケラ同然、人間あつかいはされとらんのじゃからな。ハッハッハッ」

おかしいわけはないに、堺英吉はうつろな声を立てて笑った。その歯ならびのわるい口の中に、雷鳴とともに、風速二十七メートルの風になぐりつけられた秋の雨が、飛びこんだ。その雨を呑みこんでから、この、「ゴンゾ学者」といわれる羽山組のシッカリ者は、纜綱《ともづな》が切れて流れはじめた自組の小伝馬船を見つけて、あわててすっ飛んで行った。

辻組の大伝馬の中には、安井のほか、四、五人が入って、警戒していたが、朝鮮人の金山三郎が、さっきからの二人の話を聞いていたとみえ、

「安井さん、また、石炭の機械が、できるて、ほんとてすか」

と、心配顔で訊いた。

「ほんとうらしいわい」

「困るてすね」

「困るよ」

「わたしら、せっかく朝鮮から渡航して来たのに……」

「文句があるなら、機械にいえ」

「弟も出《で》て来るようになっとるのに、困るてす。出て来ても仕事ない。食えません」

「もう若松港にゃ、ゴンゾはいらんのじゃ。食えンにゃア、泥坊でもせれ」

「そんな、安井さん、あんた……」

金山三郎は本名金清雲、全羅南道の生まれ、温厚で、正直で、仕事もできるので、道具番である安井の下で補佐をしていた。若松港の沖仲仕は約千五百人、その半数以上が朝鮮人であったが、役付の者は稀《まれ》だった。「ヨボ」と称されて、いくらか馬鹿にされていた。辻安太郎は鮮人仲仕として蔑視したり、特別あつかいはせず、能力ある者は起用していた。しかし、身体は頑丈でよく働くが、概して鈍重で、責任ある地位につき得る者は少なかった。また、盗癖があったり、義理をわきまえなかったり、すべて利害関係にしたがって行動し、すぐに徒党を組んだりするので、

ときに厄介な存在でもあった。

昌介は、待ちに待った組合結成の機運が来たと思った。炭積機に対する怒りを組織にまで持っていくことは、そうむずかしくないのではないかと、希望がわいてきた。

安井のそばに寄っていった。

「森やん、三菱炭積機のことで、お前に話そうと思うとったんじゃ。黙っとったら、資本家はなんぼでも機械をつくる。これに対抗するのには、おれたちの団結以外にない。労働組合をつくることにせんか」

昌介は、自分がオルグになったようなくすぐったい気持だったが、すぐに、

「若オヤジ、おれもそう思っとった」

という、元気のよい返事がはねかえってきたので、こちらも、反射的に、

「すぐに、結成準備にとりかかろう」

と、弾んだ語調でいった。

台風はさらに勢いを増しつつあるようで、夜半がもっとも危険と思われた。しかし、危険なのは仲仕たちの船や籠や現場詰所であって、炭積機にはなんの障害もあろうとは思われなかった。

若松港の両岸は、石炭積込設備によって満たされている。戸畑側にも若松側にも、鉄道構内に、栈橋があり、汽船、帆船が横づけになって積みこみができた。とくに、戸畑側の規模が大きく、牧山岸壁には、一日積み込み能力九千トンのホイスト・クレーン三基、新川の高架式栈橋は一日四千トン、新川の貝島炭積機は、ローダー、トランスポーター、コンベアの三つが一つとなった

全国最初の新式設備で、一時間三百トンの積み込み能力を持っていた。若松側の高架式新桟橋でも、漏斗十七個を有していて、一日一万八千トンを積みこめる。そこへ、また、貝島に劣らない炭積機を新しく三菱が建設しようというのである。

「文明が進歩すりゃ、機械になるにきまっとる。いくら、ゴンゾがブツブツいうたって、しようがあるもんか。ジタバタしたって、するだけ損よ」

と、投げだしてしまっている仲仕たちも、少なくなかった。

明治時代、人力による石炭荷役は、艀《はしけ》から汽船に歩板《あゆみ》をかけ、二つの丸籠をかついで運びこむ原始的なものであったが、大正七年以降、ウインチ機械による捲き籠荷役に変わった。一時間わずか二十トンたらずだった担ぎこみ荷役にくらべると、かくだんの進歩ではあったが、それでも一時間の積み込み能力は、塊炭なれば四十五トン、粉炭なれば六十五トンぐらいにすぎない。三井のグラブと称する浚渫式鉄鍬《しゅんせつしきてっしょう》を用いれば約百トン、三菱のポンツウン機で約七十トン、焚料炭《バンカー》積み込みはバイスケをつかう棚取荷役なので、わずか三十トン弱、こういういろの荷役を総括平均すると、人力による荷役能率はだいたい一時間五十トンということになる。機械の足もとにも寄らないのである。

その夜の嵐のため、三菱のポンツウンが転覆したことが、翌朝になってわかった。これは起重機式の海上積み込み機械で、ボートに曳航されて沖の荷役現場に行っていたのだが、船と同じなので、突風にやられたらしかった。

「ざまみやがれ」

仲仕たちはそういって快哉を叫んだ。そんなことでも鬱憤が晴れるのだった。焼酎でみみっちい祝盃を挙げた者もあった。しかし、溜飲が下がったのは束の間で、天気になると、すぐに引きあげられ、小修理の後、まもなく荷役にしたがった。

ところが、潜水夫が海中に入って、沈没しているポンツウンを調べたとき、船底の栓が抜かれていたとかで、問題になった。船体は、一種の浮標《ブイ》になっているわけであるから、栓を抜けば水が入って沈む道理である。これまで少々の嵐にも転覆しなかったのに、あっけなく沈んだのは、この栓が抜けたからだとわかった。そして、栓が自然に抜けるわけはないから、だれかが海中に潜って抜いたものと推定された。こういう放れ業がだれにもできるわけはない。よほどのしたたか者のしわざと思われたが、犯人は容易にあがらなかった。水上警察はヤッキになり、三菱も懸賞金までかけたが、結局ウヤムヤで、

「洞海湾の河童のいたずらじゃろ」

というような笑い話になってしまった。

しかし、ポンツウンを一台ひっくりかえしてみたところで、ホイストを一基、ダイナマイトで破壊してみたところで、そんな一時的な復讐が、なにものをも解決しないことは、仲仕たちにもわかっていた。

「若オヤジ、やっぱり、組合の一手じゃ」

と、安井森吉が積極的になりはじめ、追随する仲仕たちもすこしずつ増してきた。

24

「同志」という不定期刊の雑誌を出そうという話になって、ある夜、五、六人、「鈴春」に、集まった。集まることは飲むことで、まず酒だった。秋風とともに、オデンの味も出はじめており、例によって、左翼青年たちの饗宴は喧騒をきわめた。

「革命も近づいたぞ」

と曾我勇二も上機嫌である。そして、

「兄貴、飲め」

と、しきりに錫のコップをさした。

昌介は、兄貴と呼ばれることが、あまりよい気持ではなかった。妹菊江と結婚したのだから、年は三つ下でも、昌介の方が義兄になるのかも知れないが、曾我から、兄貴と呼ばれると、異様な肌寒さをおぼえた。傲岸と、圧迫と、嫌悪と、反発とが入りまじり、そのために、友情や同志感が溷濁《こんだく》するのだった。

「弟、盃をつかわす」

などと、ふざけたりする。

このごろは、言葉づかいもゾンザイになり、表面的にはぐっと近づいたように見えた。しかし、そういう接近のなかで、やはり、昌介はつねに足ぶみし、信頼と警戒との中間地帯で、振子のように動揺していた。義兄弟というノッピキならぬ運命も、はたしてノッピキならぬものであったかと考えてみたり、こういう封建的な家族制度による結びつきが、どの程度に人間をしばる力と権利とを持っているかと疑ってみたりして、なかなか曾我という人物と融合できなかった。彼が共産党のオルグでなかったならば、簡単に解釈できるのに、地下にもぐった非合法の神秘性が、曾我勇二をも神秘化している。菊江と結婚しても、曾我は正体を明かさず、オルグたることを否定していた。啓蒙雑誌「同志」の発刊を提唱したのは曾我であるが、それはあくまで合法面の、プロレタリア芸術運動の一翼としてのプランだといった。曾我は、「戦旗」に載った蔵原惟人の「ナップ芸術家の新しい任務」という文章を引用し、

「文学（芸術）は党のものとならなければならない」

というレーニンの言葉を引いて、

「プロレタリア革命は世界的命題だ。若松は北九州のちっぽけな港町だが、その一翼としての任務を担当する義務がある」

と、しきりに、公式的なことをいった。

しかし、昌介は、警察からはつかまらないスレスレの線で革命を謳歌している曾我の気炎を聞いていると、つねに、妹の顔ばかりがちらついて閉口した。菊江が曾我の影響で赤化したのか、赤化していた菊江が闘士然とした曾我に心惹かれたのか、昌介は知らない。しかし、妹はすでに青春の一切をここに賭けている。式のときには、自分は曾我さんと結婚できて幸福だ、と、ハッキリいった。にもかかわらず、妹が幸福かどうか、すでに、昌介には疑問があった。結婚後も、曾我の「御乱行」はやまるようすもないし、家庭に放置されている新妻は、お人よしの父と、意

地のわるい継母との間で、小さくなっている。継母は勇二と菊江との結婚を最後まで反対していたが、理由は菊江の妊娠していることだった。

「だれの子供か、わかるもんか」

と、三代《みよ》は、息子に面と向かっていったのみならず、方々へそれを吹聴して回った。勇二のため、階段から突き落とされたり、馬乗りになってたたかれたりすることへの復讐かも知れなかったが、そのデマは悪質といわなければならなかった。しかし、単なる誹謗ではなくて、そう信じてもいたようである。息子の放埒によって、若い女性の方も性的に自堕落なものと思いこんでいるらしかった。この話を聞いたとき、昌介ははげしい憤りを感じた。母松江も、涙をためるほどの屈辱にゆすぶられ、

「生まれてみりゃ、わかる。もし、曾我の子にまちがいなかったら、承知すりゃせん」

と、歯ぎしりするいいかたで、憤慨していた。

しかし、たとえ、まちがいなく、曾我の子を分娩したとしても、菊江が幸福であるとは、昌介には容易に考えられなかった。

その夜、「同志」の編集会議に集まった連中は、曾我の市議選のとき、特高の松藤文一から、若松青春党じゃないかといわれた、佐野二郎、岩村邦次、縄島新作などであった。いずれも、酒豪ばかりなので、たちまち、酔っぱらいになり、徹底的にやろうといいだして、「鈴春」の二階座敷にあがった。女将が気をきかせて、芸者を二人呼んだ。三味線が鳴りはじめると、酔漢たちはいちだんと馬力が出る。長唄とか、端唄とか、そんな粋な節まわしの出る者はなく、ただ、三

味線にけしかけられて、喚きちらしているだけだった。
「よし、おれが『四季の歌』をうたおう。……女、ええか——春はうれしや、二人揃うて花見の宴、の節じゃ」
と、縄島新作が、どなりだした。
汗をしぼられ、脂をしぼられ、
血を吸いとられ、
骨までしゃぶられ吐きだされ、
まだ眼がさめぬか、労働者、
人のよいにも、ほどがある……

あれ見よ、あれ見よ、
タラリタラリと生血《なまち》が垂るよ、
めぐる機械の歯車の
間にはさまる労働者、
死んでしまうまで絞られる
いつも呼ばれる芸者はきまっていて、こういう歌を聞いても、べつにおどろきはしなかった。
その晩、来たのは、妻太郎と久丸だったが、どちらも賑わい好きの酒飲みで、青春党とは色気ぬきのつきあいをしていた。といって、べつに革命思想を理解していたわけではなく、なんとなし、反抗的気分に共鳴しているヤンチャ女たちだった。

「今度は、おれが都々逸《どどいつ》を歌うぞ」

と、もう、眼もあかないほど酔っている佐野二郎が坐りなおした。ユラユラしながら、調子はずれの声で、
この辺で、ムシロ旗、立てたらどうか、
長兵衛宗五郎、どこにいる？

大塩マルクス、どこにいる？……

「変てこな都々逸ねえ」

と、さすがに、芸者たちはおかしそうに笑いだした。

昌介は、いつものことながら、こういう同志たちのありかたに、首をひねらざるを得なかった。これは、まるで御家人くずれか、明治維新の志士たちの趣きがあるではないか。高杉晋作や桂小五郎が、革命を策しながら、京洛の茶屋で散財していたのは、これと似た光景ではなかったろうか。さすれば、芸者たちは幾松であり、小菊である。食うや食わずの労働者たちを解放しようというマルキストたちの革命的情熱は、こういう贅沢なかたちで発散するというのか。それとも、これはカムフラージュであり、戦略戦術なのか。佐野二郎も、岩村邦次も、縄島新作も、けっしてデタラメな人物たちではない。いずれも、頭がよく、勉強もしており、理論闘争をさせたならば、その鋭さで人々をおどろかせる。佐野は文房具屋、岩村は本屋、縄島は洋品店の、それぞれ息子であり、自分で商売もしているが、思想的には同志であった。しかし、昌介は、人間の矛盾が統

一される可能性や方向に、救いや光を見いだそうと考えているので、なにがなんだかわからなくなるのである。しかし、昌介自身がその矛盾のかたまりなのだった。同志たちの乱行に首をひねり、反発しながら、いつか、酔いとともに、この雰囲気の中に溺れ、いい気持になっている。堕落の観念などはなく、エピキュリアンとしての素質ばかりがのさばり出て、

「そんなら、僕は即興のプロレタリア・ストトン節と行こう」

などと、芸者に三味線をうながしているのだった。

さても、ないない、ないものは
若松港には仕事がない
資本家、血もない涙もない
機械増設たまらない
　ストトン、ストトン

さても、ないない、ないものは
三菱機械の増設に
同意する者一人もない
おれたち仲仕も馬鹿じゃない
　ストトン、ストトン……

奇妙なことに、つぎからつぎに、こういう卑俗なデタラメ文句が、口をついて出て来るのだっ

た。そこには、もはや、アアネスト・ダウスンの哀婉《あいえん》も、「小曲断章」の優雅も、「山上軍艦」の雄渾もなかった。詩精神が腐敗したのか、絶滅したのか。それはわからないが、昌介には悔恨もないのだった。といって、新しい庶民性の獲得に対する自覚もなかった。ただ、痴呆に似た自己陶酔があり、革命の夢があるだけだった。これは、壮厳な一瞬かも知れないのである。幻想ははてしなくひろがる。ここから、まっすぐに、道はソビエート・ロシアへつづいている。すでに、三菱炭積機は葬り去られ、資本主義も打倒された。自分たちは凱歌をあげているのだ——ところが、そんなたわいもない勝利の幻覚は、たちまち、消える。ここは、若松港のチャチなオデン屋の二階にすぎなかった。

にわかに、嘔吐を感じた昌介は、便所に立った。したたかに、ゲロを吐いた。

「ツーさん、大丈夫?」

ついて来た久丸が、戸の外から、心配そうにいった。

「大丈夫、大丈夫、あっちに行っとけ」

「ほんとうにええの?」

「女がおると、思いきって吐かれん。部屋に帰れ」

「はいはい」

芸者の足音が遠ざかるのを聞きながら、また、ヘドを吐きつづけた。うすぎたない革命家だと情けなくなった。

顔と手を洗って部屋に帰りかけたとき、しきりに、辻、辻という声が聞こえたので、足をとめた。足音を忍ばせて、耳を寄せた。

「なんといっても、仲仕間における辻の人気は否定できんからね。あいつを除けたら、組合の結成も、ストライキも出来んよ」

「中間搾取階級として批判するのは、つぎの段階にして、現在はあいつを最大限に利用するんだ。プチ・ブル根性は一朝一夕に抜けるわけはないが、それにもいまは眼をつぶるんだな」

「あれで、わりに純情なところがあるから、裏切るようなことはあるまい」

「なにしろ、詩人だからね。しかし、現段階では、辻を絶対に必要とするよ」

「辻は気の毒だな。情熱は純粋でも、いつかは、アラビアのローレンスになる運命を内包しとるんだ。しかし、革命はそういう悲劇を必要としとるし、これに同情してはおられん。辻が犠牲になることなど、末梢の小事件だよ」

そういって、笑ったのは曾我勇二だった。

昌介は耳を疑った。彼らは酔ったふりをしていたのか。昌介がいなくなると、まるで素面のような話しぶりだった。昌介が聞いていないと安心しきっているのであろう。階下のカウンターで飲んでいた中年男が、二階の便所で、ゲーゲーと、大きな声を立てて、吐いていた。その声を辻だと思っているようすである。

やがて、その泥酔漢が便所から出たので、昌介もわざと足音を高く、その男に合わせて、廊下を歩いた。

部屋の中の話し声は止まった。同時に、だれかが、唐突に、ラッパ節をどなりだした。

「ああ、すっかり酔ってしもうた。ゲロはいたよ」

と、昌介は、なにげないようすで、フスマを開いて、部屋に入った。

「あげたあとは、また、ウンと飲めるぞ。辻君、飲みなおしと行こう。今夜はめでたい晩じゃ」

と、ナマコのようにグニャグニャしながら、縄島新作がいった。

「よし、やろう」

なにか、勢いたつようにして、昌介もどなった。さっきの話に打ちのめされて、退却はしたくなかった。もうすこし、よく、たしかめてやりたいと、意地わるく探偵の心になっていた。同志なのか、敵なのか——昌介は、負けてたまるものか、と、眼と心とを磨《と》いだ。

「あ、思いだしたわ」

と、妻太郎が、頓狂な声を立てた。

「なにを思いだしたんじゃい？　旦那とのあいびきか」

曾我が、ひやかすようにいった。

「インね、加津子さんのことよ」

「加津子は、芸者をやめて、田舎へ帰ったということじゃないか」

「それが、また若松に帰って来とるのよ。今朝、逢うたばかりやわ。辻さんにぜひ逢いたいといいよった。今夜、これから飲みなおすのなら、加津子さんを呼んで来てあげよ。よろこぶわ。ええでしょ？」

「よしよし」

と、曾我勇二は、ニヤニヤとうなずいた。

昌介の意向もたしかめず、妻太郎はあわてるように、部屋を出て行った。

逢いたくもない女が来ることよりも、昌介は同志たちの秘密の壁の中をのぞきたいはげしい欲望にかりたてられていた。それは不安に裏づけられた憤りとなり、これからの行動の一切を根本的に規定するものへの疑念となって、昌介を狼狽させてもいた。裏切りという言葉の恐ろしさ――彼らは昌介の裏切りについて語ったが、それは明らかに昌介への裏切りではないか。彼らが敵であればなにもいうところはないけれども、まったくの味方であり、これまで同陣営内の血盟者と信じきっていただけに、昌介が受けたショックは小さくなかった。しかも、今夜は「同志」という雑誌の打ち合わせ会だ。裏切りを念頭におき、それを前提とした「同志」ならば、すでに出発のときに分裂を予定していることになる。俗物主義や折衷主義を罵りながら、結合のための分離、分離のための結合と、その堂々めぐりを革命意識向上のための実践と称した福本イズムの愚をまた繰りかえそうというのか。それなら無意味だ。にもかかわらず、それを決行し、これを意味あるものとするならば、それは単に戦略戦術上の詐術にすぎない。つまり、資金を出す立場になっている辻昌介が哀れなカモになるだけだ。

すでに酔いを発していた昌介は混乱していたけれども、裏切りと味方との観念は、戦慄を誘う恐怖の鞭となって、彼を逆上気味にさせていた。落ちつこうと考えながら、うまく糊塗することができなかった。といって、真正面から対立すれば、孤立することになる。昌介が求めているのは共産党とのつながりだ。アヤフヤながら、曾我勇二を介して、そこに党らしいものがある。その魅力と、誘惑とは、大きかった。党とは密接に連繋をとらなければならない。昌介は矛盾にとまどいながら、あらためて、曾我の顔を見なおした。縄島新作を見た。佐野二郎を見た。岩村邦次を見た。そして、愕然として、尻餅をついた。この四人のピッタリとした調子の合い具合はどうであろう。たしかに、そこに、同志というものがいた。冷酷で、傲岸《ごうがん》な壁を築いて、門を閉ざし、外廓の者を睥睨《へいげい》している神秘な城の住人たち。昌介ははじめから、その外に孤立していたのだ。門を開いたように見せかけながら、壁の中には入れないのである。

中間搾取階級に属するプチ・ブルジョア、それは利用価値があるだけで、真の同志ではないというのか。これと結ぶのは単に戦略戦術のためだというのか。そして、これまで曲がりなりにも同志らしい結合のかたちを示したのは、疑うべくもなく、若さだ。酒を媒体とする共感と、エピキュリズムの氾濫だ。それは思想ではなくて感情だ。それから昌介は、さらに新しい疑惑にとらわれて、身のすくむ思いになる。曾我勇二のみではなく、縄島も、佐野も、岩村も、党のオルグなのではあるまいか。もしそうとすれば、昌介はいよいよ卑小なものとなり、験《ため》され弄《もてあそ》ばれている貝殻のような存在になる。昌介の青春の旗印――意志と勇気と冒険とへの気負いも、滑稽な一人よがりとなる。昌介は錯乱して、身体がふるえる思いだった。

「兄貴、元気がないぞ。さあ、飲め。いますぐ兄貴にゾッコン参っとる女子《おなご》が来る。そんな不景気面しとると振られるばい」

曾我勇二は、いかにも蕩児の粋人らしく、ニヤニヤ笑いを浮かべて、盃をさしだした。六角形の顔をまっ赤にし、呂律《ろれつ》もあやしかった。眼も、トロンとしている。だれが見ても、もはや意識

朦朧たる泥酔状態だ。しかし、この酔漢が、たった三分前、ハッキリした語調で、

「辻は気の毒だな。情熱は純粋でも、いつかは、アラビアのローレンスになる運命を内包しとるんだ。しかし、革命はそういう悲劇を必要としとるし、これに同情してはおられん。辻が犠牲になることなど、末梢の小事件だよ」

といって笑ったのである。昌介が出て行ったら、また、堅確《けんかく》な語調にかえって、

「とにかく最後の勝利を得るまでは、辻を利用しつくさねばならん。あくまでも同志面をしていなくてはならん。目的のためには手段を選んではおられんからね」

などというかも知れない。

昌介も、詐術で対抗する気持になった。ベロベロに酔ったふりをして、

「わしはあんたみたよな助平とちがうから、女子なんていらんが、酒なら負けはせん。なんぼでも、飲むぞ」

「あっぱれ、あっぱれ」

「辻さん、一献、お流れ頂戴」

と、縄島新作が、殿様の前に土下座する格好で、昌介の前に頭を下げた。そうやってへりくだっているとき、心の中では、自分を見くだしているのだと、今夜の昌介の心はことごとにさされだっていた。しかし、それは面《おもて》にはあらわさず、

「では、つかわす」

と、ふざけながら、盃をさした。

「ツーさん、大丈夫?」

久丸は徳利から勢いよくつぎながらも心配顔だった。

「大丈夫、大丈夫、馬鹿にすんな」

「でも、また、あげるわよ」

「ゲロは何べんも吐いた方がええんじゃ。胃袋の大掃除ができてサッパリするわい。頭もスカッとして、精神の掃除にもなる」

「精神も、ゲロ吐くみたいに、きれいサッパリ、夾雑物《きょうざつぶつ》が掃除できるとええのぅ」

と、佐野二郎がいった。これも曾我の酔態に劣らず、酔眼朦朧としていた。

こんなにみんなが仮面をかぶっているなら、昌介も負けておられなかった。しかし、お人よしで、照れ屋の昌介はあまり仮面かぶりは上手でなく、酔いも手つだって、ふっと、

「夾雑物はだれかさんたちの頭の中にも、一杯つまっとるらしいなあ」

と、そんな皮肉めいたことをいってしまった。

「あっちにも、こっちにも、夾雑物か」

と、佐野は冗談めかして、歌の節のように呟いたが、さらに歌うように、

「沖の仲仕は、バクチに女、酒と喧嘩が夾雑物よ。それに親分《オヤジ》は甘チョロ詩人、労働組合、夢の夢……」

その言葉は、さっきからモヤモヤしていた昌介の気持をいっきょに爆発させた。

「佐野君」

と、坐りなおした。もう仮面をかなぐりすてて、ムキになった。

「へい、なんぞ御用でござりまするか」

佐野二郎はなおもグニャグニャしていた。胡瓜《きゅうり》のように青く長い顔に、うすら笑いを浮かべ、馬鹿にしたように、顎をしゃくって突き出した。彼は、さっき、

「なにしろ、詩人だからね。しかし、現段階では、辻を絶対に必要とするよ」

といったのである。

「僕が詩人だから、組合の結成が出来んというんだね」

「と、と、と、とんでもない。だれが、いつ、そんなことをいいました？ 奇想天外のいいがかりですね」

「君たちの考えはわかったよ。でも、ここで議論したってはじまらん。要は実行だ。組合は僕が結成してみせるよ。君たちの力は借らん。一人で、僕がつくる」

「辻さん、あんた、誤解ですよ。僕は、なにも、あんたが……」

「僕が甘かったんだ。わかったよ。僕は詩人だからね。だけど、その詩人がなにをするか、よく見ていたまえ」

「おいおい、兄貴、なに怒っとるんじゃ。佐野はオッチョコチョイのわからず屋じゃけ、相手にすんな。まだ、『同志』も出んうちに、同志討ちしては困るのう。そんなことより、今夜は酒の方を、同志同士《どうしどし》、飲もうや」

曾我はそんな下手な洒落をいって、仲裁を買って出るふりをしていたが、本気でとめる気など

はないらしかった。むしろ、二人の論争がもっとはげしくなるのを待っているようなところがあった。

「辻君、しっかりやれ。佐野みたいな小児病は葬ってしまえ」

と、岩村邦次はけしかけた。しかし、彼も自分に味方しているのでないことを昌介は直感した。

「わかった。わかった。君たちは、みんなグルだ。グルならグルでええ。もう、君たちになにも頼まん。僕がなんでも一人でやる」

そう断言する昌介は、たわいもない悲壮感につつまれていた。わざと自分を怒らせ、奮起させる戦術かも知れぬ、とまでは気がまわらなかった。ただ裏切られた憤りと、孤立したさびしさとが、逆に、はげしい闘志をわきたたせていた。酔ってはいても、精神の中枢に、シッカリと、きっと、近いうちに、自分一人の手で、沖仲仕労働組合を結成してみせるぞという、稚い自負心をすえていた。

「どうも、はや、相すまんことを申しまして、ごきげんを損じましたる段、平《ひら》に、平に……」

と、もちろんその場ふさぎに、佐野二郎が謝ったので、いちおう、席の空気はやわらいだ。にわかに深い孤独感に捉われた昌介は、さらに、ガブガブと酒をあおった。不愉快になってはいたのだが、逃げだすことには敗北感がつきまとって躊躇《ちゅうちょ》された。くだらない反発と抵抗だったし、彼の生来の気の弱さのせいでもあった。また、さらに、もっと、なにかの秘密を探りだしたいための未練もあった。

「今晩は、おおきに」

花やいだ弾んだ声とともに、一人の芸者が入って来た。かけこんで来たという方がよかった。面長のひきしまった美しい顔立ちに、強い光を放つ大きな眼が印象的だった。着物も羽織も黒であったため、いっそう、白い顔が引きたっていた。二十三、四であろう。薄化粧して、カツラ下の髪がよく似あった。

いっしょに帰って来た妻太郎が、

「ツーさん、加津子さんを呼んで来てあげたばい」

「そんな女、知るもんか。呼んでこいと、いつ頼んだ?」

「辻さん、お久しゅうございます」

そういわれてふりむいた昌介は、すぐに、

「なんじゃい、君か」

と、いった。

前から、月原準一郎に、くどくどと、加津子に会ってやってくれといわれていたけれども、どんな女なのかすこしも記憶がなかった。時奴で懲りていたので、会いたい気持もなかった。いま、その女が眼前にあらわれたわけだが、べつにうれしいとも、なつかしいとも思わなかった。しかし、顔だけは思いだしたのである。といって、特別な印象があったわけではない。昭和四年一月三日の出初式に、はじめて、辻組の印半纏を着て沖の現場に出た「記念の日」の夜、連合組親分連中と、料亭「丸銀《まるぎん》」に行った。小頭連中は万事が派手で、その夜も、芸者を十四、五人も呼んでドンチャン騒ぎを演じたが、その中に、加津子がいたのである。

昌介は女ぎらいではないが、博多の時奴となんとかして別れ、東京の鶴村佐久子と結婚するために、早く上京したいと考えていたころだったので、芸者たちになんの関心も持っていなかった。名を聞かされても、みんな忘れた。その中に、眼の大きな、キリッとした感じの芸者がいて、ほとんど昌介の傍につききりになっていた。芸者は美しかったり、やさしかったり、色気があったり、賢かったりしても、知性にあふれているという感じの女はいない。彼女らの大部分が無学だからだ。しかし、その芸者は強い光を放つ澄んだ眼をしていて、キビキビした会話にも気のきいたウィットがあった。いくらか冷たい感じはしたが、ただ婀娜っぽいだけの時奴とは正反対に凛《りん》としていた。それが加津子だったのだが、昌介は珍しいことに思って、

「君は本を読んどるかね?」

と、訊いたのである。

「本は好きですわ。でも、どうしておわかりになるの?」

「眼を見ればわかる」

「眼の中に、本がならんでますか」

「読書する女の眼は澄んどるたい。どんな本が好きかね」

「外国の小説です」

「ほう、どんな作家の?………」

「チェーホフとか、モーパッサンとかが大好きです。あんまり長篇はしんどうて。モーパッサンの『脂肪の塊』というの、五へんぐらい読みましたわ。辻さんは、もちろんでしょう」

「あの中の淫売婦に共鳴したんじゃな。あれはええ。傑作じゃ。モーパッサンはフローベルの弟子じゃが、なんぼ小説を書いて持って行っても、片ぱしから先生にダメといわれて、『脂肪の塊』で、やっと、これならよかろうといわれたちゅうこっちゃ。フランスを占領したドイツ軍の司令官が、あのボテボテ肥った淫売を呼びにやると、使いの将校が、淫売に、お嬢さんというところがなかなかええな。淫売がお嬢さんなら、芸者はお姫さまじゃのう。ハッハッハッ」

酔っぱらっていた昌介は、そんな話をしたのだが、「丸銀」を出ると、すっかり忘れてしまった。加津子の名も顔も忘れた。その後、月原をはじめ、花柳界に出入りする連中から、なんども、加津子が非常に逢いたがっているという言伝《ことづて》を聞いたが、全然、心が動かなかった。むしろ、うるさいことに考え、意識的に避けてもいた。芸者を呼んで飲む座敷には、しばしば行ったけれども、加津子は呼ばなかった。しかし、加津子が、いま、ほとんど二年ぶりで、「鈴春」の二階にあらわれると、すぐに顔を思いだしたのみならず、モーパッサンの小説の話をしたことまで、記憶によみがえったのである。

加津子は上気したように、露骨にうれしそうな顔をしていて、

「なんじゃい、君か、もないもんやわ。薄情なのね」

「忙しかったんじゃよ」

「ウフフ、忙しいが聞いてあきれるわ。飲むのが忙しかったんでしょう。ちゃあんと、辻さんの動勢は手にとるようにわかっとるんやから。でも、顔は憶えとって下さったのね」

「やあやあ、お安くないぞ。このチンチンカモカモに、罰金として、浴びるほど飲ませてやれ」

曾我勇二は、酒席でもオルグだった。御乱行のヴェテランの指導によって、放埒むざんな維新の志士たちの饗宴は、さらに喧騒の度を加えた。

また、嘔き気をもよおした昌介は、便所に立った。加津子がついて来た。

「女は来んな」

「でも、足もとが危ないわ。大丈夫?」

「大丈夫とも」

そういった口の先から、昌介は敷居につまずいてたおれそうになった。それを加津子が真正面から支えた。抱きあったかたちになり、顔と顔とが向きあった。加津子はちらと廊下の方を見て、だれもいないことをたしかめると、いきなり昌介を引きよせて接吻した。昌介もこれに応えた。二人はしっかりと抱きあって、しばらく離れなかった。自分でもわからない行動をとることは、これまでもしばしば経験したが、このときの昌介になんの意志も感情もなかった。加津子に悪意は持っていなかったとしても、好意というほどのものも成熟していなかった。

もとより、愛とか恋とか呼ばるべき要素はなにもなかった。そんなら、人間の好色の本能が機会に盲従したのか。そればかりでもなかった。意識してはいなかったけれども、ふいに昌介を加津子に結びつけた背景に、時奴と佐久子という二人の女性がいたことは否定できない。時奴からは早くなんとかして脱れたかった。彼女はしきりに逢いたいといって手紙をよこすし、博多に来てくれなければ若松まで押しかけて行くともいっている。具合の悪いことには、彼女の父松岡久作はもっとも関係の深い石炭荷役業連合組の甲板番《デッキばん》を務めている。松岡は娘と辻昌介との関係を

知っていて、ときどき浜の事務所で会うと、

「高枝が若オヤジに逢いたいといいよるけ、いつか逢うてやってくれんですか」

という。そのたびに言葉を濁して、逢うことを避けてきたが、執拗な時奴との仲を清算するために、ほかの女との結婚以外にないと思われた。そこで、鶴村佐久子に逢いに上京したのに、思いがけなく、佐久子はもはや他人の女であった。こういう二人の女と、二つの異なった恋愛の陰影が、加津子と抱擁したときに、たしかに昌介を規定していた。時奴のように、タバコのヤニにまみれてはいず、佐久子のように心変わりもせず、知性にあふれていながら、情熱的に愛をささげる女、それを拒否する理由はなかったのである。二年ぶりで邂逅《かいこう》して、唐突に、急速に、新しい愛情も芽生えかかっていたといえる。青春の重大な部分である恋愛も、奇妙な偶然に左右されている。デタラメといってもよいかも知れない。学生時代からのことを考えると、鶴村佐久子に対する慕情は五年間といってよかった。

しかし、それは一篇の日記の文章によって、たわいもなく終止符が打たれ、いま、突如として、二年間も避けていた加津子との結合が成立した。酔いも手つだっていたにちがいないが、昌介はこれを行きあたりばったりのつまずきや、あやまちとは考えたくないと思った。青春の岐路はどこにあるかわからない。チャチなオデン屋の二階のくさい便所の曲がり角が、その神聖なわかれみちだった。

昌介にとっては、一種の突発事故であったが、二年間、昌介を思いつめていた加津子にとっては、歓喜は狂気に近いものだった。そのため、思わず、唇と腕とに力がこもった。抱きすくめら

れて口をふさがれた昌介は、ウウッと、嘔き気がこみあげてきた。そして、ゲロを吐きだしたが、加津子はそれをみんな口うつしに呑みこんでしまった。いやな顔もしなかった。昌介は仰天した。こんな女にははじめて逢った。異様な感動に駆られ、今度はあらためて、こちらから強く女を抱きしめた。

部屋では、曾我勇二が声をひそめて、

「とにかく、最後の勝利を得るまでは、辻を利用しつくさねばならん。あくまで同志面をしていなくてはならん。目的のためには手段を選んではおられんからね。しかし、まずまず、これまでは順調に運んだ。思う壺だ。もうひと息だよ」

といっていた。

25

菊江は難産をした。それも、普通いわれる難産の度を超え、文字どおり、死の苦しみをした。胎児は自分で出ることができず、大きな機械の鋏で引きだされ、傷だらけになっていた。しかし、とにかく、母子ともに、命はとりとめた。女児だった。

昌介の母松江は、その赤ん坊の顔を見るなり、ふるえ声で、

「こんなに似た親子がめったにあるもんじゃない。だれの子かわからんなんて、ようういうたもんじゃ。曾我のお母さんに、ひと話せにゃならん」

と、歯がみした。

しかし、曾我の継母はケロリとして、

「男の子ならよかったのになあ」

というだけだった。

難産の原因は花柳病のためだった。いうまでもなく、勇二から感染させられたもので、昌介は、ほとんど鳥肌だつ思いがしたとともに、さらに深く、妹の幸福について考えてみないではおられなかった。生まれた赤ん坊は、引きだす際の外傷だけで、いまのところ顕著な症状はなにも見られなかったが、いつどんな形で、遺伝があらわれるかわからない。戦慄に値することといわなければならなかった。思想と、恋愛と、花柳病と、どんな因果関係があるのであろうか。どういう弁証法的、歴史的必然なのか。肉体の汚れも精神によって浄化されるというのか。その作用は、不幸をも幸福と化する力があるのか。菊江は、あきらかに青春の一切を曾我勇二に賭けた。その悔いのなさは、どんな不幸にも耐え得るほど強烈で、忍耐づよいのか。泣き言をすこしもいおうとしない妹が、昌介は痛々しくてならなかった。

曾我は、とにかく、自分の子供の誕生をよろこんで、湖美子《こみこ》という名をつけた。

「湖のように美しい、というのはなかなかええでしょう」

などと、自分の両親や、辻夫婦にもいっていたが、実際はコミニズムのコミをとったのである。

縄島新作も娘に、共産党の頭文字をとって、共子《ともこ》と命名していた。縄島はかなり大きな洋品店の二男坊であるが、十九歳のとき恋愛結婚をして、もう四つになる女の子があった。そのころ、自分の子供に、礼人（レーニン）とか、丸楠（マルクス）とか命名した革命家は珍しくなかった。大きくなったときの子供の迷惑よりも、親の自己満足が強かったのだが、人からそれをいわれると、

「それが君たちの認識不足さ。この子が大人になるころは、日本は革命が終わって、社会主義共和国になっとるさ」

と、恬然《てんぜん》として答えていた。

昌介は、奇妙なことに、妹の生んだ子供がまるで曾我に似ていなくて、離縁になった方がよかったような気がしていた。男と女との問題はむずかしいが、曾我と結びついた菊江も、彼女がいくら口では幸福だといっていても、誤ったのではないかと考えられてならなかった。たしかに、曾我勇二には、愛情についての考えかたと行動とに欠陥がある。湖美子が生まれてからも、「御乱行」はやまないし、継母をいじめることも相変わらずだ。それを苦々しく不気味なことに思っているとあるとき、勇二が菊江の長い頭髪をつかんで、土砂降りの雨の街路を引きずりまわしたということを聞いて、ぞっとした。原因はなんであったとしても、それがインテリといわれる人間のすることかと、しばらく茫然となった。冷血漢で、エゴイストのうえに、サディストでもあるのか。それとも、菊江の方がマゾヒスト的性向を持っているのか。いずれにしろ、曾我に正常な愛があろうとは容易に考えられない。

こういう男が、マルキシズムを奉じ、プロレタリア革命を夢みているというのはどういうことになるのか。疑うべくもなく、プロレタリアートの解放は労働者農民への深い愛でなければなら

ない。もしその愛なくして革命運動をするとすれば、指導者としての快感と権力とを貪ろうとする政治的野望にすぎなくなる。さすれば、反動の側にいるブルジョア政治家となんら変わりはない。曾我勇二がつねに口にするヒューマニズムの根源はなんであろうか。彼が共産党のオルグとなった資格は、どこにあるのか、これらの矛盾と疑問とを解きほぐす術を知らず、昌介の混乱は深まるばかりだった。

しかし、矛盾に満ちていることにおいては、昌介も劣らない。詩と、思想と、生活と、恋愛と――そこに、なんのプロレタリア的統一があるというのか。四つともバラバラで、むしろ、背を向けあっているではないか。もし、この四つを結ぶものがあるとすれば、青春だ。青春は理論ではない。弁証法でも、唯物史観でもない。それは生きる情熱であり、生命力であり、野放図な精神の昂揚と氾濫だ。矛盾と誤謬とに満ちていない人間は一人だっていないのだ。誤謬の中からでも、人間は成長できる。大切なものは良心であり、誠実だ。しかし、昌介は、ふっと、奇妙な言葉を思いだして、ギョッとする。「モンテニューの随想録」の中に書いてあった。

あわれ、この人、一大努力を以《もっ》て、

一大愚論を吐く。(テレンシュウス)

わけがわからなくなってきた辻昌介は、またも、歯を食いしばり、ヤケのように胸を張って、勇ましく号令をくだす――前へ進め。ただ、前へ、前へ。かつて、日出生台行軍のとき、あの重畳した大山岳地帯を乗り越えた。落伍しなかった。そして、意志と冒険との自信を得た。しかし、無形の精神の山を越えることは、有形の日出生台を越えるようなわけには行かぬ。暗礁のように、いたるところに、眼に見えぬ山があり、谷があり、崖がある。しかし、ひるむことも、足ぶみすることも許されぬのだ。ただ、前へ。

昌介は眼をぎらつかせ、鬼のように凄んで、苦難に満ちた前方の道を見る。そこに、光を求める。一人だけでも行くぞ。いや、一人で行くんだ。同志を頼むな。そして、昌介は深い孤独の中から、きらめくばかりの無謀の勇気をふるいおこすのだった。

26

その年が暮れて、昭和六年が来た。前年の暮れから正月にかけて、大いに進捗《しんちょく》したものは、戸畑新川岸壁に建設されている三菱炭積機と、昌介と加津子との恋愛であった。また、その進捗のために危機をはらんだのも、この二つである。

雪が降るなかでも、炭積機建設工事はつづけられた。組みたてられる巨大な鋼鉄の昆虫が、すこしずつ、その形をととのえる。それは洞海湾をへだてて、若松側の海岸からよく見えた。

「畜生、いくら嘆願したって、機械つくりはやめやがらんとじゃな」

「やめるもんか。ゴンゾが騒いだって、蚊の鳴き声ほどにも思うとりゃせんよ。それに、第一、請負師の元締めが応援しとるんじゃけ、仲仕のいい分が通るわけはない」

「また、あの南条めが、おれたちを売りやがるのか」

「若松は暴力団の天下よ。道理なんか通るもんか」

石炭資本家、請負業者、小頭、仲仕という仕組は、複雑だった。小頭と直属仲仕との関係は、組によって緊密に成立しているが、請負師は、資本家と労働者との中間にあって、奇妙な役割を演じている。元来は労働者の側につくべき立場なのに、多くの場合、荷主の利益を擁護して、むしろ、仲仕の敵となることが多い。とくに、大ボスでもある請負師組合長南条剛造は、一種の御用暴力団的存在となっていて、

「仲仕なんかに、グズッともいわせはしませんよ」

と自慢しているのは彼だった。昔は川舟乗りの船頭で、白刃の下も何度となくくぐり、人も斬ったが、自分も傷痕だらけになった。浅黒い面長の精悍な顔に、鷹のような鋭い眼が光り、凄味があった。この南条が睨みをきかせているために、これまで、若松港では争議というものが一度もあったことがない。自分でも大同組を経営して、つねに連合組と対抗しているばかりか、機会さえあれば、若松港全体の仕事を、全部自分一人で取ってしまおうという野望も抱いている。その南条が請負師組合長となって、石炭資本家とじかに接触しているため、仲仕は、苦境には追いこまれても、よくなるめどがないのだった。

小頭組合長をつとめている辻安太郎は、事ごとに、南条と衝突した。安太郎はいつも仲仕側に立って考えているので、南条とは意見が合わない。三菱炭積機問題がおこったときも、南条に、建設阻止方を陳情したが、

「君は時代おくれじゃよ。三菱へ取り次ぐこともせず、文明が進歩したら、なんでも機械化することはわかっとるじゃないか」

と一喝して、ハッキリと、資本家側の態度を示した。のみならず、辻安太郎が、どうしても建設するのなら、失業する仲仕に対して、相応の救済策を講じてほしいと申し入れると、せせら笑って、

「君はそれじゃから、馬鹿だというんじゃ。労働者の味方なんかせんでも、もっと自分のことを考えるがええよ。虫ケラみたよなゴンゾのために、一所懸命になってみたところで、得は一つもない。それより利口な世渡りをする気になりゃあ、丸々となれるばい。じつは、君が、炭積機の反対運動をやめるなら、相当まとまった金を出してもええということになっとるんじゃが……」

と、懐柔しようとした。

若松は政治的にもうるさかった。代議士に出ている豊島大作大親分をはじめ、その四天王といわれた南条剛造、橋本甚二、松田三吉、川島栄五郎など、市の顔役ボスたちは全部、民政党で、その勢力を恃《たの》んだ横暴は、目にあまるものがあった。ときの政府も浜口民政党内閣であったし、若松では、「民政党にあらずんば、人にあらず」という言葉が公然といいふらされていた。それなのに、市会では、辻安太郎は中立を標榜して、これに対立していたのであるから、石炭荷役や賃銀問題にもただちに影響して、仲仕はいよいよ不利になるばかりであったのである。

昌介は、苦しんでいる父にいった。

「お父さん、しばらく、僕にまかせておいて下さい。小頭の中には南条さんの子分が多いから、三菱炭積反対運動は小頭組合ではやりにくいでしょう。お父さん一人が憎まれるばかりです。い

ま、僕たちは沖仲仕の労働組合をつくりつつありますから、これができたら、強力な反対運動が展開されます。まかりまちがえば、ストライキもできます。仲仕の生活をまもるのは、仲仕自体の組織と団結の力によるほかはありません」

「お前、いま、僕たちというたが、たちというのはだれのことな？」

「うちの『仁王の森やん』やら、羽山組の堺英吉さん、井手組の柴田五郎さん、林組の佐々木政弘君、そのほか、朝鮮人仲仕のしっかりした者も入れて、この間から、何回か話しあいをし、組合結成の準備をしています。二月末か、三月はじめには、三菱炭積機反対大会を兼ねて、結成式をやりたいと考えています」

「お前、気をつけんといかんぞ。もう、お前もようわかっとると思うけんど、この港じゃあ、ええことや、正しいとわかっとることが、スラスラ運んだためしがない。いつでも、南条一派のために裏切られて、こっちが煮え湯をのまされることになる。労働組合をつくるのはええが、連合組や、三井物産の仲仕は賛成しても、南条の大同組は入るかどうかわからんぞ。大同組が抜けたら、ヤブヘビになる。港中の仕事をゴソッと大同組に持って行かれる危険がなくもない。それに、この間、チラと噂を聞いたんじゃが、南条はお前に眼をつけとるちゅう話じゃ——辻の若いのが、東京の大学から帰って来てから、静かじゃったこの若松港が騒々しゅうなった。危険思想を持っとるようにあるけ、かたづけた方がええ、なんて、いうとったそうな」

「それは曾我君からも聞きました。でも、ええです。やります」

「お前が、その気ならまかせるが、まあ、よく気をつけてな」

いずれにしろ、複雑な精神の天険を越えるのに、生やさしいことでできようはずはない。意志と勇気と冒険と――それは、いま、生命の問題ともなってきた。しかし、昌介はひるまなかった。

編集部解説

本書の底本は、「火野葦平兵隊小説文庫8」（光人社刊）『魔の河』の「青春の岐路」に収められた長編であり、発表初年月は、一九五八年である。

本書の主人公・辻昌介は、まぎれもなく火野葦平自身であり、これは彼の自伝的小説である。

火野葦平の兵隊小説のなかでは、彼の中国戦線をはじめとする戦争記は広く知られているが、これ以前の軍隊への入隊に至る経過とその体験などはあまり語られていない。

火野葦平は、早稲田大学の在学中に陸軍の幹部候補生である「一年志願兵制度」を志願して入隊した。本来、この制度の入隊者は、除隊時には軍曹・曹長へ昇任し、試験に受かればその後、少尉に任官する。しかし、火野は幹部候補生終了後には伍長にしか昇任せず、その後に召集された中国戦線でも長い間この階級のまま過ごすことになる。その理由は、本書に詳しくしたためられているが、彼が軍隊内で「コミニスト」の烙印を押されたからだ。

もっとも、これは火野自身が軍隊内で何らかの活動をしていたからではなく、彼がコミニスト（共産主義）に関係する書物を読んでいたことが理由とされている。この事情は、今まであまり知られていなかったが、学生時代に長年、小説家を志していた火野が、小説家志望を断ち切ってまでして、自らコミニスト活動へと動かされたことが状況としてあるようだ。

『青春の岐路』の書き出しは、火野が上海での務めを果たし、故郷の北九州若松に帰ってきたところから始まっているが、この仕事は、一九三二年の「上海事変」に際し、石炭荷役のために彼の生家の石炭沖仲仕たちとともに、上海へ出張したことである。火野葦平は、この前年に若松の沖仲仕たちを「若松港沖仲仕労働組合」に組織し、自ら書記長に就任、同年八月には洞海湾荷役のゼネストを決行したと言われている。

この時代、石炭荷役を担う沖仲仕たちは、三菱・麻生などの独占的石炭資本の搾取のなかで、極端に貧しい最底辺の肉体労働者として酷使されていた。また、この一九三〇年前後には、日本全国を覆う大恐慌のなかでの労働者の組合結成とストライキが広がり始め、その運動は同時に青年学生たちをコミニズム運動へと引き入れていった。

火野葦平が、日本で初めてという沖仲仕労働組合を結成し、コミニズム運動に加わった動機もこういう時代の流れのなかにあったのだ。

『青春の岐路』は、この沖仲仕労働組合の結成に至る前の段階で終わっているが、当時の組合の結成やゼネストの決行は、直ちに特高警察の重要監視の対象になったことは予測される。そして、その後、この特高警察の監視・弾圧のもとで、火野自身がどのように「転向」したのか、それは明らかになっていない。

しかし、当時のアジア・太平洋戦争に突き進む日本の凄まじい状況の中で、火野の行動を誰も責めることはできないだろう。

このような経過を経て火野葦平は、一九三七年七月七日の盧溝橋事件を契機とする、日本軍の中国への侵攻――日本軍の予備役の動員開始――という事態のなかで、陸軍第十八師団歩兵第百十四連隊（小倉）に召集（下士官伍長）され、同年十一月には、中国・杭州湾北砂への敵前上陸の戦闘に参加した。

以後、中国侵略戦争が急激に拡大していくなか、大陸各地に転戦するとともに、太平洋戦争が進展していく過程では、フィリピン戦線・ビルマ戦線など、アジア全域の戦争にほとんど従軍していく（一九三八年の芥川賞受賞以後は、「陸軍報道部」に所属する）。

この一九三七年十一月からの、火野の最初の戦争を記録したのが、『土と兵隊』（火野葦平戦争文学選第1巻所収）であり、同年十二月から翌年四月までの杭州駐屯警備を記録したのが、『花と兵隊』（同第2巻）だ。

火野は、この杭州に駐屯しているときに『糞尿譚』で芥川賞を受賞し、それがきっかけで陸軍報道部勤務を命じられた。そして、この最初の従軍記録である一九三八年五月からの徐州作戦が、『麦と兵隊』（同第1巻所収）として発表されている。

火野は、この「兵隊三部作」で一躍「兵隊作家」として有名になり、以後、軍報道部所属の作家としてアジア各地に転戦していくのだ。

こうして火野は、一九三八年七月から始まった武漢攻略戦と同時の広東作戦（「援蒋補給路」の遮断のための、香港の近くのバイアス湾に奇襲上陸――同年十月、広州占領）に参加したが、これを描いたのが、『海と兵隊』（同第5巻所収）だ。

その後、火野は一九三九年二月、中国最南端の海南島上陸作戦に参加し、『海南島記』を、また、一九四二年三月には、フィリピン作戦に参加し、『兵隊の地図』（同第3巻所収）などの多数の長編・短編を発表している。さらに、一九四四年四月からは、アジア・太平洋戦争史上、最悪の作戦と言われたインパール作戦に従軍し、『密林と兵隊』（原題「青春と泥濘」同第4巻）を発表した。

以上は、アジア・太平洋戦争の時期を描いた作品だが、戦後の「戦犯」指定解除後に、旺盛な執筆を再開した。火野自らの「戦争責任」などについて、全編でその苦悩を描いたのが、四〇〇字詰めの原稿用紙一千枚に及ぶ『革命前後（上下巻）』（同第6・第7巻）だ。

このように、火野葦平がアジア・太平洋各地の戦場を歩いて執筆した戦争の記録は、驚くほどの多数にのぼっているが、この全編の火野葦平の著書には、彼の戦争体験をもとにしたものが「兵隊目線」から淡々と綴られている。

中国大陸の、その敵前上陸作戦から始まる、果てしなく続く戦闘と行軍の日々、――しかも、この中国戦線の戦争は、それほど華々しい戦闘ではなく、中国の広い大地の泥沼と化した道なき道を、兵隊と軍馬が疲れ果て斃れながら、糧食の補給がほとんどないなかでの、もっぱら「現地徴発」を繰り返していく淡々とした戦争風景――。そこには、陸軍の一下士官として、兵隊と労苦をともにする著者の人間観がにじみ出ている。この人間観はまた、火野の著作のあちらこちらで中国民衆に対しても表れている。

「兵隊三部作」から始まり、『革命前後』で完結する、火野葦平が残したこの壮大な、類いまれな戦争の長編記録といえる小説は、日本だけでなく「アジア――世界の共同の戦争の記録」として、後世に語り継ぐべきものであろう。

この二〇一六年、戦後七〇周年を経て、私たちは改めてこの「火野葦平戦争文学選」全7巻、同別巻を世に送り出したいと思う。

著者略歴

火野葦平（ひの　あしへい）
1907 年 1 月、福岡県若松市生まれ。本名、玉井勝則。
早稲田大学文学部英文科中退。
1937 年 9 月、陸軍伍長として召集される。
1938 年『糞尿譚』で第 6 回芥川賞受賞。このため中支派遣軍報道部に転属となり、以後、アジア・太平洋各地の戦線に従軍。
1960 年 1 月 23 日、死去（自死）。

●青春の岐路　火野葦平 戦争文学選 別巻

2016 年 5 月 9 日　第 1 刷発行

定　価　（本体 1500 円＋税）
著　者　火野葦平
発行人　小西　誠
装　幀　根津進司
発　行　株式会社　社会批評社
東京都中野区大和町 1-12-10 小西ビル
電話／ 03-3310-0681　FAX ／ 03-3310-6561
郵便振替／ 00160-0-161276

URL　http://www.maroon.dti.ne.jp/shakai/
E-mail　shakai@mail3.alpha-net.ne.jp
印 刷　シナノ書籍印刷株式会社

「火野葦平戦争文学選」全7巻の刊行
社会批評社が戦後七〇周年に贈る、壮大な戦争文学！

●第1巻『土と兵隊　麦と兵隊』本体1500円　＊日本図書館協会選定図書
●第2巻『花と兵隊』本体1500円
●第3巻『フィリピンと兵隊』本体1500円
●第4巻『密林と兵隊』本体1500円　＊日本図書館協会選定図書
●第5巻『海と兵隊　悲しき兵隊』本体1500円　＊日本図書館協会選定図書
●第6巻『革命前後（上巻）』本体1600円
●第7巻『革命前後（下巻）』本体1600円